HELL
by Lolita Pille

Copyright ⓒ Editions Grasset & Fasquelle (Paris), 2002
Korean Translation Copyright ⓒ MUNHAKDONGNE Publishing Corp., 2010
All rights reserved.

This Korean edition is published by arrangement with
Editions Grasset & Fasquelle (Paris) through Bestun Korea Agency, Seoul.

이 책의 한국어판 저작권은 베스툰 코리아 에이전시를 통해
Editions Grasset & Fasquelle 사와 독점 계약한 문학동네에 있습니다.
저작권법에 의해 한국 내에서 보호를 받는 저작물이므로
무단 전재 및 무단 복제를 금합니다.

이 도서의 국립중앙도서관 출판시도서목록(CIP)은
e-CIP 홈페이지(http://www.nl.go.kr/cip.php)에서 이용하실 수 있습니다.
(CIP제어번호: CIP2010000758)

롤리타 필 장편소설 | 유정애 옮김

문학동네

■ 일러두기

본문에 등장하는 해외 브랜드는 해당사의 국내 공식 홈페이지에 한글 명칭이 등록된 경우에는 그 표기를 따르되, 그 외에는 국립국어원의 외래어 표기법에 따랐다.

1

 나는 창녀다. 창녀 중에서도 당신이 가장 참을 수 없어하는 저질, 당신 사장의 정부보다 더 고급한 옷을 걸치는 파리 16구의 창녀다. 만일 당신이 요즘 '뜨는' 동네에서 일하는 종업원이거나 최고급 브랜드 매장의 직원이라면, 당신은 아마 나와 나 같은 부류들이 모두 죽어버리기를 바랄 것이다. 그러나 황금알을 낳는 암탉을 죽일 수는 없다. 그만큼 나처럼 후안무치한 족속은 멸하지 않고 존속하며 번식한다……

 나는 불변하는 마르크스 도식의 빛나는 상징이자 특권계급의 화신이며, 자본주의가 내뿜는 도취적인 향기이다.

 사교계의 젊은 상속녀답게 나는 당신이 생활비를 벌기 위해 일하는 시간보다 더 많은 시간을 들여 콩투아르 뒤 솔레이에서 선탠을 하거나 매니큐어를 칠하고, 알렉상드르 주아리 살롱에 가서 안락의자에 엉덩이를 붙이고 앉아 미용사 손에 머리를 내맡기고 죽치고 있거나, 고급 매장이 몰려 있는 8구 포부르 생토노레 거리에서 아이쇼핑을 한다.

나는 '싱크 핑크(Think Pink)' 세대의 순수한 산물이다. '아름다워져라, 그리고 소비하라', 이것이 나의 신조다.

외모의 신의 뮤즈인 나는 끊임없이 솟구치는 과시욕에 따라 당신 월급에 상당하는 돈을 매달 즐겁게 신의 제단에 바치고 있다.

언젠가는 내 옷장을 폭파시킬 생각이다.

나는 프랑스 국적의 파리 여자지만 그건 아무래도 상관없다. 나는 오로지 단 하나의 집단에 속할 뿐이니까. 즉 전 세계에 퍼져 있으며 항상 논란의 대상이 되는 구찌 프라다 족 말이다. 그 모노그램이 바로 나를 상징한다.

내 모습은 일종의 풍자화 같다. 당신이, 구찌 토털룩에 울트라 화이트 치아를 드러내고 미소 지으며 눈꺼풀을 깜박거리는 나를 한심하고 골 빈 바보로 본다는 것을 부인하지 마라.

하지만 당신이 날 과소평가한다면 그건 실수다. 왜냐하면 내가 지닌 이것들은 가공할 무기이기 때문이다. 바로 이것들 덕분에 나는 나중에 적어도 아빠만큼 부자인 남자, 너무나 즐겁지만 동시에 너무나 무의미한 내 생활을 유지하는 데 필수 조건인 부자 남자와 결혼하게 될 것이다. 일 따위는 내 수많은 재능 목록에 들어가 있지 않다. 나는 날 먹여 살릴 남자를 찾을 것이다. 나 이전에 할머니가 그랬고 엄마가 그랬던 것처럼. 그런데 몇 십 년 전부터 상류층 결혼 시장은 경쟁이 치열해졌다. 일군의 모델을 비롯해 비서, 그리고 야망을 품은 시녀까지 사방에서 몰려들어 상당한 영역을 장악했다. 그녀들의 하얀 치아가 시장에 흠집을 내고 있다. 그녀들은 사자의 몫을 손에 넣기 위해 결코 물러서지 않는다. 사자의 몫 = 센 강 우안에 손님 접대를 위한 아파트 한 채 + 메르세데스 벤츠 한 대 + 유명 디자이너 브랜드의 조악한 옷들로 가득 찬 옷장 하나 + 금발머리 아이 둘 + 일이 잘 풀리지 않은 옛 직장 동료 비웃기.

그렇다, 파리 서부, 우리는 모두 잘생겼고 모두 부자다.

우리 아파트 일 제곱미터당 가격을 알고 나면 당신은 우리가 부자라는 것에 별 어려움 없이 수긍할 것이다. 부자가 아니면 거기에 살지 못할 테니까. 당신은 우리가 모두 잘생겼다는 말에는 동의하지 않는 것 같은데, 한번 생각해보라. 세대를 이어 엉덩이 하나로 사회적 신분 상승을 이루는 세계에서 못생긴 집단은 도태되기 마련이다. 즉 사람들은 신분 차이 나는 결혼을 통해 품종을 개량했다. 아주 뚱뚱한 백만장자는 잘 빠진 몸매의 출세 지향적인 여자와 결합했고 이렇게 해서 후손은 엄마의 신체와 아빠의 은행계좌를 물려받아 완벽함을 갖추게 되었다. 물론 언제나 성공하는 것은 아니다. 아빠의 사업이 조금이라도 흔들리거나 엄마의 유전자가 힘을 발휘하지 못한 경우에 자식은 아빠처럼 못생기고 엄마처럼 가난하게 태어날 수 있다. 이것을 가리켜 불운이라고 하는데, 나는 이 경우에 대해서는 말하지 않을 것이다. 당신에게 가난하고 못생긴 사람들의 생활을 들려주려고 펜을 든 것은 아니니까. 나는 그들에 대해 전혀 아는 바가 없고, 그건 별로 유쾌한 주제도 아니다.

당신도 잘 알다시피 세상은 둘로 나뉘어 있다. 즉 당신이 있고, 우리가 있다. 알쏭달쏭하다. 나도 인정한다……

설명하자면, 당신은 가족이 있고, 직장이 있고, 자동차가 있고, 매달 월세를 지불해야 하는 아파트가 있다. 운이 좋다면 당신은 매일 교통체증을 겪으며 직장에 나갔다가 밤늦게 들어와 쿨쿨 잘 것이다. 반대로 운이 별로 좋지 않다면 전철을 타고 다니고 국립고용센터에 실업자 등록을 한 상태일 것이며, 밤에는 돈 문제로 불면증에 시달릴 것이다. 당신의 미래는 현재의 반복으로 정리될 것이다. 당신의 자녀들은, 기특하게도 제 앞가림을 할 줄 아는 경우라면 오십 제곱미터 이상의 아파트에서 살게 될 거고, 가족형 자동차 르노 사프란의 좌석 시트를 가죽으로 교체

할 것이다. 당신은 그들을 자랑스럽게 여길 것이다. 그들은 여름 휴가철이 되면, 당신이 은퇴해서 죽을 둥 살 둥 마련한 프랑스 남부의 별장으로 손자들을 데리고 올 것이다.

당신은 중산층 부르주아에 속할 수도 있다. 당신은 텔레비전을 수리할 줄 알고 부인은 요리를 잘한다. 그녀로선 다행스러운 일이다. 그렇지 않다면 당신은 이십 년 전부터 골칫거리였던 그녀를 버리고 다른 젊은 여자를 선택했을 테니까. 당신이 마지막으로 그녀의 몸에 손을 댔을 때는 지난 프랑스 대 이탈리아 축구 경기 때로 거슬러 올라간다. 경기 종료 삼십 초 전에 프랑스가 골을 넣자 당신은 너무 흥분한 나머지 그녀의 팔을 움켜쥐었다. 그때 그녀의 팔을 놓으며 당신은 말했다. "앗! 미안해, 여보."

당신은 요즘 걱정거리가 몇 가지 있다. 세탁기를 수리해야 하고, 머리를 빨갛게 염색한 제니퍼는 교리 교육보다는 피어싱에 더 열을 올리고 있다. 케빈은 귀에 몹시 거슬리는 외곽 지역의 억양을 배워왔다. 둘 다 무능하고 못생겼다. 아마도 유전인 것 같다. 욕구불만에 찬 당신의 아내는 당신의 책상 위에 『남성의 건강』이라는 책을 의도적으로 올려놓는다. 당신은 잠을 잘 때, 티팬티 차림의 여비서와 티팬티 차림의 여조카 등 모든 사람이 티팬티 차림으로 나오는 꿈을 꾼다는 것을 문득 깨닫는다. 당신의 삶은 이제 만족스럽지 않다.

어쩌면 당신은 상황이 더 나쁠 수도 있다. 당신은 도시 외곽에서 세 칸짜리 아파트에 텔레비전도 없고 식기세척기도 없이 살 수도 있다. 텔레비전이 있는 경우는 더 끔찍하다. 왜냐하면 당신의 여섯 자녀가 허구한 날, 특히 리얼리티 프로그램을 할 때면 아파트가 쩌렁쩌렁 울리게 볼륨을 높일 것이기 때문이다.

당신은 거리에서 사는 사람일 수도 있다.

당신은 또 우리 부류에 속하는 사람일 수도 있다.

그렇다면 과연 우리는 누구인가?

우리는, 아주 간략하게 말하자면, 고대 로마 시대의 황제에서 중세의 봉건 군주, 르네상스 시대의 무관 귀족, 19세기의 대 실업가로 이어지는 가문의 상속자이고, 카르티에 보석이 촘촘히 박힌 보석함에 프랑스 전체 상속 재산의 오십 퍼센트를 보유하고 있는 극소수의 특권자이다.

소유는 인간 불평등의 기원이다. 우리는 이것을 불평하지 않는다.

우리는 모든 것을 할 수 있고 모든 것을 가질 수 있다. 왜냐하면 우리는 모든 것을 살 수 있기 때문이다. 태어날 때 이미 VIP라는 작은 은수저를 입에 물고 나온 우리는 모든 규칙을 즐겁게 위반한다. 부자의 법이 곧 최고의 법이기 때문이다.

못생기고 빈털터리지만 정신은 고결한 사람의 코앞에서 우리의 방종과 방탕을 과시하는 일은 꽤나 즐겁다. 이런 맥락에서 프라다는 공산주의 당사에서 주연을 베풀고, 자칭 세계의 주인인 장마리 메시에*는 자신의 구멍 난 양말을 전시하고, 영국 디자이너 존 갈리아노는 불로뉴 숲의 부랑자들로부터 영감을 얻어 2000년 자신의 동계 컬렉션을 구상했다…… 이런 건 고의로 한 게 아니다. 무심코 한 것이 부를 가져다준 것이다. 부를 생산해 내는 부자로 사는 게 때로는 귀찮기도 하다. 구찌는 평범한 가죽 밴드를 무심코 내놓았는데 히트를 쳤고, '누구누구의 아들들'은 삐죽삐죽 수염을 기른 채 비니를 쓰고 다녔는데 그다음 날 비니가 몽테뉴 대로로 급속히 번져나갔다. 또 헬무트 랑은 더러운 청바지에 물감을 뿌려 천이백 프랑에 팔고 있다……

우리는 자동차를 타고 파리 시내를 시속 이백 킬로미터로 달린다. 따라서 그런 때 파리 거리를 배회하는 건 멍청한 짓이다. 우리는 대마초를 섞은 알코올, 또는 대마초를 섞은 코카인, 또는 엑스터시를 섞은 코카인을 복용한다. 남자들은 콘돔도 없이 창녀들과 섹스를 한 뒤 곧바로 여동생의 여자 친구들과 저녁부터 아침까지 밤새워 온갖 종류의 난교 파티를 즐긴다. 우리는 완전한 환각 상태에서 음란한 향연과 엄청난 낭비의 난장판에 빠져

---

* 프랑스의 재벌 사업가.

제어할 수 없이 휩쓸려간다. 우리는 당신이 진통제 돌리프란을 복용하듯 우울증 치료제 프로작을 먹는다. 은행 명세서를 받아 들 때마다 자살하고 싶다. 세상 어딘가에선 배고파 죽는 아이들이 있다는 생각을 하면 정말 창피하기 때문이다. 그래서 배가 터지도록 음식을 먹어대고 코가 터지도록 코카인을 흡입한다. 불공평한 세상의 무거운 짐이 귀하게 자란 우리의 연약한 어깨를 내리누른다. 당신은 불공평한 세상의 희생자이므로 이런 문제 때문에 비난받을 일은 없다.

그러나 우리는 무엇을 하든 수치스러운 일이 된다.

그렇다. 우리는 생트로페의 팡플론 해변에서 제조 연도가 표시된 고급 포도주를 병째로 사방에 뿌려댔다. 그래서 어쨌다는 건가? 돈을 지불하는 것은 당신이 아니지 않은가? 작년에 나는 부알 루주 근처 해변에 간 적이 있다. 그곳은 사람들로 붐볐고, 모두가 태평스레 일광욕을 즐겼다. 그러다 포르셰 한 대가 나타나자, 평범한 박스터인데도(박스터는 삼십만 프랑을 넘지 않기 때문에 우리 사이에선 가난한 자의 포르셰라는 별명으로 불린다) 갑자기 사람들이 웅성거리며 들끓기 시작했다. 저마다 흥분해서 모자를 벗고, 손에 쥐고 있던 파니니 샌드위치나 감자튀김을 놓아버리고, 귀에 꽂고 있던 워크맨 이어폰도 뺐다. 당신들은 호흡이 멎을 정도로 놀라워했고, 당신들이 "와! 세상에!" "오!"

하며 내지르는 소리가 자동차 엔진 소리를 덮어버렸다…… 페라리 한 대 등장, 그리고 빽빽히 몰려든 사람들의 일순간 호흡 정지. 내 말을 부인해도 소용없다. 그때 나는 차 안에 있었고 당신들을 아주 똑똑히 보았다. 두 눈은 반짝거리고 두 손에는 불끈 힘이 들어간…… 당신은 부러움을 내뿜었다. 당신은 해변의 말뚝 울타리에 기를 쓰고 올라가 스타의 삐져나온 속옷이나 찌푸린 옆모습이라도 보려고 발돋움했고, 부유층의 황금빛 살갗과 에레스 수영복에서 말라가는 85년산 돔 페리뇽 샴페인의 그윽한 향을 맡아보려 애썼다…… 당신은 우리 자리에 있을 수만 있다면 무엇이라도 다 내주었을 것이다.

당신은 괴롭다.

당신은 화를 내며 우리의 행동에 오명을 씌운다. 당신이 결코 가져보지 못할 돈을 펑펑 써댄다며 우리에게 양심의 가책을 느끼게 하려고 한다. 하지만 실패한다.

나는 우리가 세금을 내고 있다는 사실을 당신에게 환기시키고 싶다. 남에게 명령을 내리는 것도 몹시 피곤한 일이다. 이런 노고를 기울여 일 년 열두 달을 일하는데, 그중 육 개월에 해당하는 이익은 결코 우리에게 돌아오지 않는다. 국가가 당신 자녀들을 학교에 보내기 위해 그것을 강탈해 가니까. 그러니 우리를 좀 가만히 내버려두라.

여하튼 내가 하고 싶은 말은 여기까지다. 이제 됐다. 지금 나의 유일한 관심사는 오늘 입고 나갈 옷이다. 플랑드랭에서 빅토리아와 점심을 먹기로 했다. 벌써 약속 시간이 다 된 것 같다. 하지만 그녀 또한 나만큼이나 시간을 잘 지키는 친구니까 삼십 분쯤 늦게 출발해도 괜찮을 것이다. 그래도 내가 십 분 이상 그녀를 기다릴 거라는 데 내 구찌 백을 걸겠다.

그러니까 나에겐 옷 입을 시간이 한 사십오 분가량 있다. 하지만 옷을 고르는 일이 쉽지만은 않다. 나는 내 드레싱룸과 옷장 두 개에 걸린 옷들을 하나하나 훑어본다. 옷이 많다는 게 마냥 좋은 것만도 아니다. 선택의 폭이 너무 넓어지니까. 정말이다. 이 많은 옷 중에 입을 게 하나도 없다. 나는 팬티만 입은 채 방 한가운데 못 박혀 서 있다. 입에는 담배를 물고 거의 마비 상태가 되어 울상을 짓고 있다. 정말 짜증난다. 나는 마침내 별 확신도 없이 연분홍색 조셉 원피스를 골라 들었다. 부활절 주말에 생트로페에서 이미 한 번 입었던 옷이다. 그리고 거기에 어울리는 파시미나를 찾아내는 데 좋이 한 시간은 걸린 것 같다.

입구에 프라다 슬리퍼가 놓여 있다. 정말이지 여긴 정리하는 사람이 아무도 없다니까. 나는 내기에 걸었던 구찌 백을 꺼내 들었다. 다행히도 나는 얼마 전 클로에에서 최신 선글라스를 샀다. 이거 하나로 금세 기분이 좋아진다. 적당히 선탠한 몸을 고급 브

사교계의 파티장, 온 파리 사람들이 모이는 만남의 장소이자 우리처럼 입이 험한 사람들한테는 무궁무진한 활동의 장이다. 그렇다고 우리 같은 애들만 있는 건 아니다. 금갈색 머리에 팔다리가 가냘픈, 계절에 맞는 토털룩을 차려입은 해사한 여자애들도 있다. 그녀들은 팔꿈치를 몸에 딱 붙이고 우아한 동작으로 품위 있게 점심을 먹고 있다……

 가까이 와보세요…… 좀더…… 그리고 그들의 약간 쉰 듯한 격렬한 목소리를 들어보세요.

 야, 저것 좀 봐, 저 여자 코 수술했다…… 어, 저기 쥘리앵이다. 그런데 옆에 있는 저 창녀 같은 여자애는 누구니? 동유럽 애야. 쥘리앵이 비토리오한테서 샀대나…… 비토리오가 동유럽 여자애들과 매매춘하는 줄은 몰랐는데…… 그런데 쟤 무슨 돈으로 술값을 내는 걸까…… 너도 잘 알잖아, 걔네 집에 십 프랑도 없다는 거. 쟤 근본도 없는 애잖아…… 너 생티아 봤니, 그애 샤넬 가방이 만이천 프랑이래…… 걔 요즘 미치광이 벤지하고 몰래 사귀는데, 사달라는 건 뭐든 다 사준대…… 그런데 그앤 그런 돈이 다 어디서 나는 걸까? 얼마 전에 새 M3[*]까지 샀다던데…… 주식으로 버는 거면 오래가지 못할 거야…… 신경 쓰지

---

[*] BMW 스포츠카.

마…… 돌아보지 마, 저기 네 운명의 사랑이 있다…… 누구랑 같이 있어? 내 운명의 사랑과 함께야…… 생티아에게 인사하는데…… 여보세요, 으응, 잘 지내…… 플랑드랭에 있어…… 아무도 없어, 관심 가는 사람…… 우리 보러 온다고?…… 오케이, 이따 보자…… 저 잠깐만요, 크렘 브륄레* 있어요? 고맙습니다…… 저 페라리는 누구 거야? 어떻게 지내? 앉아…… 어쩌면 마르벨라…… 베네수엘라 남자 친구가 있는데 그가 오십 미터짜리 요트를 하나 빌렸어…… 아니면 부모님이랑 발리에 갈까, 이 모든 것을 좀 끊고 싶어. 너무 무의미해…… 카지노의 돈이지…… 도저히 그 남자를 못 보겠어…… 나 아직도 환각 상태라고. 어제 크리스네 집에 가서 코카인을 진짜 많이 흡입했어…… 네 샤넬 선글라스 너무 귀엽다…… 고마워, 나 벤츠 스마트 카브리오도 샀어…… 내가 어젯밤에 누구랑 섹스했는지 너 모르지…… 그만 갈까……

택시를 타고 집으로 가는 내내 머리가 아팠다. 담배를 너무 피운 모양이다. 이상하게 시간을 허비한 것 같은 기분이 들었다.

나 오늘 뭐 했지? 점심은 아주 잘 먹었다. 토마토 모차렐라 샐러드에 가자미 요리. 처음 나온 가자미 요리는 입맛에 맞지 않아

---

*프랑스식 디저트로, 푸딩 윗면에 캐러멜을 입혀 구운 것이다.

돌려보냈고, 두번째로 나온 건 맛은 괜찮았지만 다 식어버려서 다시 돌려보냈다. 마카롱 과자도 너무 달아 돌려보냈다.

점심값은 내가 냈다. 친구 점심식사로 팔백 프랑, 이 정도면 적당한 편이다.

어떤 멍청한 남자가 우리에게 볼랭저 샴페인 한 병을 보냈길래 싹 비워줬다. 예의상.

쥘리앵과 다비드, 또다른 다비드가 우리와 합류했다. 그들로 말하자면, 쥘리앵은 아주 유명한 가수의 아들인데 내가 낚았고, 다비드는 대기업 회장의 아들로 역시 내가 낚았다. 또다른 다비드는 전 장관의 아들인데, 얘는 낚지 않았다. 너무 못생겼으니까.

나는 거기서 마흔두 명과 인사를 나눴다. 그중 여섯 명은 모르는 사람이었는데 이번에 소개를 받았다.

룩셈부르크 번호판을 단 페라리 마라넬로 한 대가 내 눈길을 끌었다. 하지만 아쉽게도 차 주인은 나타나지 않았다.

전 장관의 못생긴 아들이 단숨에 취하기 위해 화장실에 간 사이 유명 가수의 아들과 대기업 회장의 아들은 신이 나서 전 장관 아들의 엄마를 흉보았다. 그들의 아버지는 벌써 여러 번 그녀와 불륜을 저질렀다고 한다.

전 장관의 아들이 화장실에서 코카인을 흡입한 뒤 다시 기운을 되찾아 돌아왔다. 그는 유명 가수의 아들이 잠시 자리를 비운 사이 그를 헐뜯는다. 유명 가수의 아들은 자신의 망가진 포르셰 기어박스를 아직 고쳐놓지 못한 정비소에 전화해 욕을 퍼붓고 있다. 이틀 전, 새벽 세시에 파리 외곽순환도로에서 앙드레아라는 사람과 자동차 경주를 했는데, 경주에서도 지고 자동차도 망가졌다고 한다. 바로 그때 전 장관의 아들이 나에게 그 유명 가수가 이제 빈털터리라고 얘기해주었다.

"그래도 아들은 포르셰를 굴리잖아."

"그건 부자임을 드러내는 기본적인 표시일 뿐이야. 노키아 8210 모델보다 겨우 나은 셈이라고."

"아."

당신은 반짝반짝 눈부신 우리의 부를 부러워하고 있다…… 온통 도금된 것뿐이다. 돈, 자동차, 친구, 세계 도처에 있는 집, 어디든 마음대로 들어갈 수 있는 출입의 자유…… 그런데 우리는 할 게 아무것도 없다. 그래서 서로에게 욕지거리를 한다.

사실은 욕망할 게 더이상 없기 때문에 극도로 지겨워하고 있는 것이다.

세상은 너무 좁다. 여덟 살 때 이미 비즈니스 클래스로 세계를 한 열 번쯤 돌았으니까……

2

밤이 되었다. 밤이 되면 파리는 색과 감각이 달라진다.

나는 택시를 타고 센 강 제방 위의 도로를 달리고 있다. 담배를 피우려고 유리창을 내렸다. 잠시 후면 라브뉘, 코스트 호텔, 메종 블랑슈, 노부, 수, 맨레이, 코로바, 디에프, 마켓, 탄지아, 스트레자, 또는 플라자 같은 곳에 자리를 잡고 게살 파이와 달착지근한 무언가를 곁들여 저녁식사를 할 것이다. 어쩌면 저녁식사를 하지 않고 코스모폴리탄 칵테일을 마시거나 또는 그냥 보드카를 한잔 들며 줄담배를 물고 사람들과 인사를 나눌지도 모르겠다.

시빌은 머리부터 발끝까지 앙드레 쿠레주의 옷을 걸쳤고, 클로에는 새로 구입한 디오르 백을 흥분하며 나에게 보여주었다.

둘 다 금발이고 똑똑하다. 우리 셋의 몸무게를 모두 합쳐도 백사십 킬로그램이 되지 않는다.

나는 그들에게 B가 최근에 저지른 악행에 대해 얘기해주었다.

내 친구들에게 B는 비열한 B, 또는 내 마음을 상하게 한 남자라는 별명으로 더 잘 통한다.

B는 별처럼 반짝이는 눈을 가졌고 천사 같은 미소를 짓지만 그 이면에는 음흉한 의도가 감춰져 있다.

어느 날 저녁, 나이트클럽 퀸에서 술판을 벌일 때였다. 내가 열일곱번째 보드카 잔을 나른하게 비우며, 왜 내가 여기에 있는지, 왜 아직도, 항상 여기 있는지 자문하던 중, 갑자기 인간 쓰레기들 한가운데서 쾌청하고 눈부신 하늘이 보였다. 새벽 다섯시의 맑게 갠 하늘.

물론 그건 B였다.

나는 마시던 술잔을 내려놓았다.

나는 재빨리 그와 인사를 나누었고, 그 주 주말부터 그와 키스를 했다.

이때부터 아름답게 빛나는 일주일이 이어졌고 만날 때마다 나는 B의 완벽함을 새로이 발견하게 되었다. B를 요약하자면,

1. 잘생겼다.
2. 애스턴 마틴 DB7 밴티지를 갖고 있었다……

3. 특이하고 똑똑했다. 그는 화제가 풍부했고 보통 부잣집 애들이 생각 없이 던지는 실존적이며 습관적인 질문, 예를 들면 "시계가 오드마르스 피게냐 아니면 예거 르쿨트르냐? 차가 아우디 TT냐 아니면 박스터냐? 빨간색 내부에 회색 차체냐 아니면 베이지색에 검은색이냐? 어떻게 하면 패션위크 때 클럽 뱅에 자리를 잡을 수 있어? TT의 바퀴 테는 모양은 제일 멋진데 왜 값이 가장 싼 걸까?" 같은 질문들로 날 귀찮게 하지 않았다.

4. 책을 …… 읽었다!

5. 나와 섹스를 했다. 그러고는 나를 차버렸다.

그렇다. 처음으로, 그리고 마지막으로 나는 이 오래된 세상만큼이나 낡아빠진 사건에 휘말려들었고, 헛되이 섹스만을 탐하는 이 괴물들 때문에 수세기 전부터 우리 여자들이 견뎌야 했던 이 해묵은 배신이라는 고통을 맛보아야 했다.

하지만 이것은 이후에 비열한 B가 순수한 내 마음과 아직 부서지지 않은 나의 자아에 가했던 고통에 비하면 서막에 불과했다.

어제 저녁, B는 일말의 거리낌도 없이 한 러시아 모델을 데리고 클럽 뱅에 보란 듯이 모습을 드러냈다. 그 여자는 키가 백구십 센티미터에 다리는 나무랄 데 없이 길었지만 얼굴은 마치 나른한 돼지 같았다. 실망은 금방 경멸로 바뀌었다. 나보다 머리 세 개 높이만큼은 더 크고 r을 우랄 산맥 촌닭처럼 굴려 발음하는 저 멍청하고 못생긴 여자애를 나보다 더 좋아하는 바보 같은 남자를 누가 원하겠는가?

겉모습…… 모든 건 겉모습일 뿐이다.

왁자지껄 시끄러운 소음 속에서 선트러스트의 우울한 노래 〈하우 인센서티브〉를 들으며 나는 친구들에게 씁쓸한 내 생각을 이야기했다. 회색 정장으로 우아하게 차려입었던 B에 대해, 그리고 술에 잔뜩 취해 아무 짓이나 하러 갔던 전날 저녁에 내가 무슨 생각으로 괴로워했는지, 오늘 아침에 거울 앞에 서서 얼마나 울었는지에 대해. 그리고 이제 그 사랑을 단념하기로 결심했다는 말도 했다. 단념하기로 한 까닭은 슬픔에 빠져 통탄해하는 것보다는 무관심한 태도로 품위를 지키는 것이 낫다고 생각했기 때문이다.

웨이터가 시빌의 마티니, 클로에의 에비앙 생수, 내 보드카를 갖다주었다. B의 친구 두 명이 나한테 B와 잘되어가는지 가식적으로 물었다. 다행히 바로 그 순간 내 핸드폰이 울렸다. 그래서 그들에게 욕을 퍼붓지 않아도 되었다. 모나코에 있는 친구한테 온 전화였다. 브리스틀에서 있을 축제에 날 초대하고 싶다고 했다. 그런데 그녀의 거지 같은 억양 때문에 하나도 알아들을 수가 없었다. 이탈리아어를 할 줄 모르는 나는 그녀의 제안을 어떻게 거절해야 할지 난감했다. 그래서 차가 터널을 지나가는 중이라고 핑계를 대고 전화를 끊었다. 클로에가 실비에게 가브리엘 대로에서 택시를 잡으려고 너무 열심히 뛰다가 발뒤꿈치가 깨지는 줄 알았다고 말했다. 실비와 나는 걱정스러운 표정으로 물었다. "네 구찌 굽이?" 그러자 그녀가 참을 수 없어하며 쏘아붙였다. "아니, 내 발뒤꿈치 말야." 우리는 그제야 안심하며 고개를 끄덕였다. 나는 클로에게 가브리엘 대로에서 뭘 했는지 물었다. 거기에는 쇼핑할 만한 가게가 없기 때문이다. 그녀는 내 질문을 못 들은 척하며 교묘하게 피해갔다. 나에게 감추는 게 있는 걸까? 가브리엘 대로에는 B네 집이 있는데. 우리는 오랜만에 만난 터라 서로 할 말이 많았다. 나는 친구들에게 그녀들이 싫어하는 내 모델 친구 중 한 명이 〈갈라〉 지에 나왔다는 소식을 전해줬다. 시빌은 나에게 이번 달 〈보그〉 표지를 장식한 귀드랭이라는 여자를 아는지 물었다. 그 창녀가 삼 주 만에 파리 전역을 휩쓸며 모든 남자를 손아귀에 넣었다고 한다. 그러면 시빌의 옛 남자 친구도 그중 하나라는 거야, 아니라는 거야? 이어서 우리는 다 같이 의견이 일치해 파리 8구에 얼씬거리는 모델들을 즐겁게 씹으며 때려눕혔다. 나는 동유럽 여자애들은 그저 골격이 예쁠 뿐이고 사진 모델보다는 펠라티오 포르노 배우로 데뷔한다고 말하며 친구들을 안심시켰다. 그러자 클로에는 한술 더 떠, '그들은' 그녀들과 섹스는 해도 결혼은 하지 않는다고 딱 잘라 말했다. 그래서 나는, 그렇다고 그들이 우리하고 결혼하는 것도 아니라고 했다. 내 말에 아무도 웃지 않았다. 그리고 우리는 요즘 큰 화제인 정치적 스캔들에 대해 떠들었는데 각자 의견이 분분했다. 나는 내 말이 옳다는 것을 증명하기 위해 고소 사건의 기사가 실린 〈파리마치〉를 백에서 꺼냈다. 그러자 클로에는 이 사건의 중심에 있는 주요 인물의 아들에게 전화했고 그가 우리에게 진실을 말해주었다. 우리는 너무 충격을 받아 오 분 동안 말없이 앉아 있었다. 시빌이 한밤중에 남자 친구에게 보낸 문자를 나에게 보여주었다. 나는 그녀에게 화를 냈다. 새벽 네시에 문자를 보내다니. 내 생각에 그건 바로 나약하다는 증거였다. 시빌이 보낸 문자가 대문자로 화면에 하나씩 나타났다. '**네 자식들이 마약을 하고 매춘을 할 때 나를 기억해.**' 참, 한심하긴. 나라면 이렇게 보냈을 것이다. '넌 죽을 때 혼자일 거야. 그건 다 네 잘못이야.' 또는 샤를 아즈나부르 노래처럼 '내 이십대는 대체 어디로 가버렸을까?'라고. 시빌과 나는 클럽을 나갈 때 그의 메르세데스 차를 긁어 흠집을 내자고 했다. 우리 핸드폰이 동시에 울렸다. 이따 만날 친구들이었다. 이때 우리는 배신당한 여자들이 연적의 머리카락을 밀어버리는 관습에 대해 말하고 있었다. 악한 생각이 내 머릿속에 싹텄지만 그것을 실천에 옮기지는 않았다.

나는 우리 주변의 사람들, 촛불 빛을 받아 한층 돋보이는 사람들을 살펴보았다. 전철 안의 네온 불빛 아래서는 그렇게 잘생겨 보이지 않을 것이다. 또 나는 외국인이 돌아다니는 깔끔한 몽테뉴 대로를 관찰했다. 그곳엔 펜디 매장이 있고 모나코 번호판을 단 포르셰들과 온갖 색상의 페라리가 있었다. 이 거리엔 대사관은 있지만 빵집은 없다. 그리고 내 옛 애인 중 하나가 도로 맞은편 정면에 서 있었다. 어둠이 내리는 시간에 호텔 로비의 음악이 배경처럼 흘렀고, 사업가처럼 생긴 증권 딜러들과 딜러처럼 생긴 사업가의 아들들이 서성거렸다. 그리고 750NLY75 번호판을 단 검은색 포르셰가 미끄러지듯 천천히 지나갔다. 갑자기 내일 아침에 낙태 수술을 받아야 한다는 게 생각났다.

바로 그때 옆 테이블의 그럴싸하게 생긴 남자가 시빌과 나에게 모델 에이전시에 속해 있냐고 물어왔다. 우리는 약간 신경질적으로 비웃다가 태도를 바꿔 아주 바보 같은 얼굴을 하고는 그쪽에 관심이 있는 척했다. 우리는 키, 몸무게, 워킹, 사진에 대해 말했다. 마침내 그가 우리에게 대형 모델 에이전시의 로고가 박힌 명함을 건넸다. 그의 이름은 이탈리아 이름이었고 직함은 '채용 담당자'였다. 그걸 보고 우리 셋은 미친 듯이 웃어대기 시작했다. 중간중간 한 번씩 괴성을 지르는 것도 잊지 않았다. 이건 우리만의 웃는 방식이었다. 실비가 쿠레주 백에서 명함 한 장을 꺼내 거만하게 미소를 지으며 그에게 내밀었다.

"자, 이게 우리 아버지 에이전시의 진짜 로고예요. 그리고 채용 담당자는 보통 일주일에 한 번 우리 집에 와서 함께 식사하는데, 당신이 아니거든요."

그는 멍하니 입을 벌린 채 다물 줄 몰랐다. 이어서 그 사기꾼의 얼굴에 알 수 없는 미소가 번졌다. 그는 우둔하고 난폭해 보였지만 사실, 정말로, 정말로 썩 괜찮았다. 나는 시빌을 보았다. 그녀 역시 미소를 짓고 있었고 좀 전과는 태도가 달라졌다. 왜 비토리오가(비토리오도 옆에 있었다) 그에게 경계를 늦추지 않았는지 이해가 됐다. 그는 마지막에 시빌에게 명함에 있는 전화번호가 그 남자의 번호인지 아니면 그녀의 아버지 번호인지 물었다. 시빌이 담당자 거라고 대답하자 그는 엉거주춤 일어나 그만 가겠다고 하더니 곧바로 자리를 떠버렸다. 그가 홀을 가로질러 가는 모습을 우리는 눈으로 좇았다.

"데이토나라는 이름으로 가짜 명함을 뿌리는 남자들을 경계해야겠군." 클로에가 말했다.

"그리고 왠지 모르지만 가브리엘 대로를 어슬렁거리는 여자애들도."

이것이 나의 대꾸였는데, 너무 퉁명스러웠던 것 같다.

내 핸드폰이 다시 울렸다. 발신자가 뜨지 않았고 나는 전화를 받았다. 하지만 전화 저쪽에서는 아무 소리도 나지 않았다.

나이트클럽에 갈 시간이다.

나오는 길에 우리는 두세 명쯤 되는 억만장자 이란 친구들과 마주쳤다. 그들도 같은 곳에 가는 중이었다. 그들은 두 대의 벤틀리에 나눠 타고 여유롭게 출발한 반면 우리는 아우디 TT와 포르셰 박스터에 그럭저럭 끼어 탔다. 우리는 부가 정말 잘못 분배되었다며 투덜댔다.

클럽 앞에서 나는 B의 차를 보았다. 그 순간 집으로 돌아가 침대에 누워 읽다 만 『영주의 연인』*을 마저 읽거나 불법 물건을 피우며 붓다 바의 CD**를 듣는 게 낫지 않을까 하는 생각이 들었다.

우리는 재빨리 건물 안으로 들어가 계단을 뛰어 내려갔다. 클럽은 이미 만원이었다. 내 눈에는 거기 있는 모든 사람들이 마스크, 눈구멍 두 개만 뚫린 똑같은 마스크를 쓰고 있고 오로지 B만 맨 얼굴을 드러내고 있는 것처럼 보였다.

십 분 동안은 사람들과 인사를 나누어야 한다. 그런 다음에는 테이블에 처박혀 소매를 걷어올린 오렌지색 스웨터를 입은 내 고통의 주범에게 등을 돌리고 있을 것이다. 나는 B에게 가까이

---

* 알베르 코엔의 1968년 작으로, 그해 아카데미 프랑세즈 상을 수상했다.
** 파리의 유명 레스토랑 겸 바인 '붓다 바'에서 선곡한 컴필레이션 앨범으로, 매년 발매된다.

가지 않으면서 내 인사를 받을 권리가 있는 사람들에게 인사하기 위해 온갖 전략을 폈다. 어제 저녁 클럽 뱅에서 봤던 모델들과 부커들, 소위 제멋대로 옷을 입는다는 부커들이 있었다. 당연하다. 패션위크 시즌이니까. 한 생각이 실내 공기 속을 떠돌고 있었다. 충분히 감지될 정도로 사람들의 머릿속을 집요하게 흔들면서…… 퍽 미 아임 페이머스(Fuck me I'm famous)!!! 이것이 클럽 안으로 들어와 처음 들은 메릴린 맨슨의 울부짖음이었다. 아무렴 어떠랴. 모두가 환각 상태인 것처럼 보였다. 나는 안다. 여기 있는 여자애들 모두 오늘 아침 눈을 떴을 때 자신이 끔찍하다고 생각했으리라는 걸 안다. 그리고 모두 결코 오지 않을 전화를 기다린다는 것도. 나는 또다시 내가 여기서 뭘 하고 있는 것인지, 차라리 집에서 조용히 〈앨리 맥빌〉을 보는 게 낫지 않을까 생각해보았다. 그러다 여기 있는 모든 여자애들에게 여기서 뭘 하고 있느냐고 묻는다면, 절반은 즉시 눈물을 보일 것이라는 생각에 이르자 한결 기분이 나아졌다. 하지만 나머지 반은 조금도 주저하지 않고 이렇게 답할 것이다. "왜냐고? 패션위크잖아!" 또는 "비코즈, 이츠 패애애애션위이이이이크(Because, it's Faaaashion weeeeek)!" 이들은 모델이다. 이들에게는 너무 많은 걸 묻지 않는 게 좋다. 가엾은 그녀들은 기진맥진한 상태다. 하루 종일 워킹을 했으니까. 어쨌든 그들은 이틀 뒤에 뉴욕으로 다시 떠날 것이고, 다음 시즌까지는 우리를 귀찮게 하지 않을 것이다.

실내는 너무 더웠고 내 주변의 모든 사람이 영어로 말했다. 뭐, 아무렴 어떠랴. 보드카를 세 잔 마셨고 몇몇 사람들한테 찬사를 들었지만, 나중엔 기억조차 안 날 거고 아무 의미도 없다. 문제는 오로지 '그가 있다'는 것과 나에게는 아침인 오늘 오후 네시에 토니 앤 가이스 미용실에서 자른 앞머리가 습한 공기 때문에 말을 듣지 않는다는 것뿐이다. 그런데 우리 테이블은 B의 눈에 잘 띄는 위치에 있었다. 나는 시빌에게 그가 언제, 얼마나 자주 내 쪽으로 고개를 돌리는지 알려달라고 부탁했다. 왜냐하면,

1. 아무것도 아닌 걸로 즐거워하고 싶지 않았고,

2. 그에게 철저하게 무관심한 척하는 동시에 그가 나를 계속해서 보고 있는지 아닌지를 알고 싶었기 때문이다.

"잠깐, 방금 전의 그 남자가 왔네." 시빌이 좋아하며 말했다.

"네 아버지 에이전시의 자칭 부커라는 사람 말이야?"

대답은 긍정이었다. 우리는 코카인도 안 했으면서 완전히 마약에 취한 척했다. 이 모든 서커스는 화장실을 열댓 번씩 드나들며 비토리오가 있는 테이블 앞을 지나가기 위한 것이었다. 왜냐하면 시빌 양이 비토리오 옆에 어떤 친구들이 있는지, 또 술병에 적힌 이름이 비토리오인지 확인하고 싶어했기 때문이다. 하지만

비토리오일 리가 없다. 그는 한턱낼 줄 아는 사내다운 면모를 갖춘 남자가 아니니까. 그는 어떤 여자애와 얘기를 나누고 있었다. 예쁘게 생겼어? 정말? 그러면 그 여자애보다 더 예뻐? 아 정말? 왜? 그런데 대체 무슨 얘길 저렇게 오래 하는 걸까? 저런 여자애와 무슨 할 말이 있다고? 나는 시빌에게 그 창녀 같은 여자애에 대해선 걱정할 필요가 없다고 말해주었다. 이유는, 만일 그가 그녀를 톱슈퍼모델로 만들었을 경우를 가정한 뒤 그녀가 올릴 엄청난 수입 중에 몇 퍼센트를 가져갈 것인지를 토론하는 중이라면 그 계획은 실현될 가능성이 없기 때문이다. 먼저 비토리오는 부커도 아니고, 게다가 그 여자애는 상표도 없는 백을 들고 있으니까. 실비는 곧 다시 명랑해졌다. 나는 마침내 다시 앉아 마음껏 B를 감시할 수 있게 되었다. 그러는 사이 시간은 벌써 새벽 네시가 되었다. 어디선가 나타난 카상드르가 이제 나갈 시간이라고 말해주었다. 클럽 안의 사람들은 이미 반이나 빠져나갔다.

나는 머리가 헝클어진 채 클럽에서 나왔다. 시빌은 화를 냈지만 나는 집으로 돌아가는 것만 아니면 아무래도 좋았다. 시빌, 클로에, 쥘리앵, 다비드, 그리고 또다른 다비드는 각각 16구, 7구, 8구에 살았는데 다들 집으로 돌아가자고 했다. 그들은 내 지구력을 이해하지 못했다. "너는 밤에 돌아다니는 게 지겹지도 않니? 퀸이 질리지도 않아? 안 피곤해?"

그들의 말은 나에게 별로 설득력이 없었다. 나는 카상드르의 팔짱을 끼고, 마지막 순간에 그녀 삼촌의 가장 친한 친구의 페라리에 올라탔다. 그는 오십대인데도 여전히 밤에 나이트클럽을 드나들었다. 그의 두 딸은 우리와 나이가 비슷했는데, 내가 싫어하는 타입이었다. 퀸까지는 자동차 속도와 두 나이트클럽 사이의 거리를 따져볼 때 일 분도 채 안 걸린다.

우리는 샹젤리제 거리에서 내렸다. 차 번호는 456GT75였다. 오늘 밤은 미니스트리 오브 사운드의 파티인 것 같다. 문 앞에 사람들이 오십 미터 정도 줄을 서 있다. 물론 우리는 줄을 서지 않았다. 클럽 안은 여느 때와 마찬가지로 음악 소리가 너무 커서 벽이 흔들리는 것 같았다. 실내를 한번 둘러본 나는 '모두가 다 있다'는 것을 확인했다. 우리는 단 몇 초 사이에 중앙 홀을 점령했다. 주변의 테이블 네 개에는 육십여 명이 올라가 보호망에 매달려 있었고 실리콘 소울의 기막힌 첫 음절이 들리자 모두들 까무러칠 듯 비명을 지르고 울부짖고 펄쩍펄쩍 뛰며 클럽 안을 아수라장으로 만들었다.

빅토리아를 만났는데, 그녀는 이미 환각 상태였다. 그녀는 코카인이 있다는 걸 알리려 봉지를 소파 위에 던졌다. 그리고 나를 데리고 화장실로 달려갔다. 그녀의 어머니는 공주 같은데, 빅토리아는 키가 백팔십 센티미터인 데다 성격도 아주 강해 나랑 다

툰 적이 많다. 그녀는 줄 서 있는 사람들을 밀어젖히며 자신은 '베리 임포턴트 퍼슨(very important person)'이며 '베리 임포턴트 퍼슨'은 오줌 누러 갈 때 줄을 서지 않는다고 소리를 질렀다. 그리고 화장실을 지키는 남자한테 키스를 하며 그의 가슴팍을 할퀸 뒤 물건이 든 봉지를 나에게 슬그머니 쥐여주며 날 화장실 안으로 밀어넣었다. 나는 화장실 안에서 해야 할 일을 했다.

잠시 후 화장실에서 나온 나는 0.5그램 정도 남은 코카인을 그녀에게 돌려주었다. 거울을 들여다보니 아이섀도는 잔뜩 번졌고, 앞머리는 흘러내려 눈을 가리고 있었다. 우리는 다시 홀로 돌아갔다. 나는 의자 위로 올라가 보호망에 매달려 미친 듯이 아무 짓이나 해대기 시작했다.

퀸의 다른 쪽 끝에선 별 볼 일 없어 보이는 사내가 카상드르에게 꽂혀 아주 집요하게 그녀를 잡고 늘어졌다. 가만 보니 일 년 전, 카상드르가 학업 때문에 런던으로 떠나기 전에 하룻밤을 보냈던 남자였다. 그녀에게 그 사실을 상기시키며 그 남자가 맞다고 말해주었지만 소용없었다. 그녀는 그를 알아보지 못했다.

나는 또다시 여기서 뭘 하고 있는 것인가 하는 자문에 빠져들었다. 집에 조용히 있을 수도 있었을 텐데. 예를 들면 잠을 잔다거나 하면서. 그때 갑자기 누군가가 내 허리를 잡았다. 돌아보니 A였다. A는 얼마나 마약을 많이 했는지 근육이 풀려 일그러진 얼굴에 억지 미소를 짓고 서 있었다. 나보다 한 열다섯 배는 더 취한 것 같았다. 아니, 어쩌면 퀸에 있는 모든 사람들을 다 합한 것보다 더 심하게 취했는지도 모른다. 나는 그에게 인사를 한 뒤, 비틀거리며 홀을 떠나는 그의 모습을 바라보았다. 클럽에는 이제 단조의 하우스 음악이 흘렀다. 나는 다시 자리에 앉아 단번에 술잔을 비워버렸다. 카상드르가 무슨 일이 있냐고 묻길래 A가 와 있다고 알려주었다. 그녀는 곧바로 이해했지만, 날 위로해주기에는 너무 취해 있었다. 여하튼 나는 마음속에서 그를 지워버릴 것이다.

A가 다시 홀로 돌아왔다. 코가 터지도록 코카인을 흡입하러 갔던 게 분명했다. 멀리 있는 그의 테이블은 퀸에서 가장 사람이 많았다. 아무리 애를 써도 코카인으로 다시 충전된 그의 모습은 잘 보이지 않았다. 모델과 골 빈 여자애, 그리고 창녀 들이 그를 에워싸고 있었기 때문이다. 그래서 그가 차고 있는 리베르소 손목시계의 야광을 따라가며 짐작하는 수밖에 없었다. A는 인생 낙오자다. 그는 치마만 걸치고 있으면 자신의 영역으로 들어오는 여자는 누가 됐든 무조건 달려든다. 그의 표정에는 이제 사람 같은 구석이 거의 없다. 그는 긴 소파 위에서 외곽 지역에 사는 말도 못하게 천한 여자와 글자 그대로 성교를 시작했다. 나는 그가 딱하다는 생각이 들었다. 너무 딱한 나머지 그를 비웃을 힘도

없었다. 잠깐, A가 자리에서 일어나 한 친구에게 손짓을 하며 뭐라고 얘기했다. 그의 얼굴에 환하게 빛나는 미소가 번지더니 곧이어 눈을 슬그머니 아래로 깔았다. 나는 그가 날 얼마나 신경 쓰고 있는지 깨달았다. 클럽 안에 있던 사람들은 모두 그에게서 눈을 떼지 못했고, 특히 그의 옛 애인들은 이상한 표정으로 그를 주시하고 있었으며, 다른 여자애들은 그가 버티기 힘들 정도로 그를 곁눈질했다. 나는 A가 무엇을 하든, 그의 파렴치한 행동들과 사람들의 비방에도 불구하고 그는 늘 승자로 남으리라는 걸 안다.

내가 왜 여기 와서 괴로워하고 있는지 알 수가 없다.
사랑을 산산조각 내는 이 합법적 매음굴.
여기서는 모두가 서로에게 아무것도 아니다.
나는 그에게 아무것도 아니다.
나는 남은 코카인을 다 써버리러 화장실로 간다.

다시 홀로 돌아온 나는 A가 있는 곳으로 갔다. 한곳에 몰려 있는 창녀들을 피해서. A는 긴 소파에 주저앉아 있었고 눈초리는 험상궂어 보였다. 그가 나를 향해 두 팔을 벌렸고 나는 그의 옆에 앉았다. 그에게 어떻게 지내냐고 물었는데 그의 발음이 분명하지 않아 무슨 말인지 도통 알아들을 수 없었다. 그가 우리에겐 대화가 필요하다고 우물우물 말했다. 서로 못 본 지 오래되었으니, 집에 가서 코카인을 하며 대화를 나누자고 했다. 나는 싫다고 말하고 싶었지만 그러지 못했다. 우리는 함께 퀸을 나왔다.

우리는 택시 정류장을 향해 나란히 걸었다. 그는 밤에는 차를 갖고 나오는 법이 없다. 자신이 운전할 수 없으리라는 걸 잘 알기 때문이다. 난 택시 기사에게 그의 집까지 가는 길을 알려주었고, 그는 기사에게 구겨진 지폐를 내밀었다.

그의 집에서 나는 친근한 냄새, 사방에 붙어 있는 사진, 셀 수도 없이 많은 친구, 먼 이국 풍경, 얼굴만 예쁜 멍청한 여자애들의 사진과 종이로 말아 피우는 담배가 그의 불건전한 사교 생활을 단편적으로 보여준다. 여기에 내 자리는 없다. 우리는 소파에 앉았다. 익숙한 소파였다. 그가 주머니에서 담배 종이에 싼 코카인 조각들을 꺼내 주차 카드로 으깨더니 하얀 가루를 여남은 줄로 나누었다. 가루는 너무 하얘서 어둠 속에서도 분명하게 알아볼 수 있었다. 그가 몇 줄을 흡입하더니, 말아서 빨대로 쓰라고 나에게 이십 파운드짜리 지폐를 내밀었다. 나는 그가 넘겨준 것으로 남은 코카인을 흡입했다. 그는 늘 그랬던 것처럼 조르주 브라상과 레오 페레의 노래를 틀었고, 나를 바라보며 속삭였다.

언제나 똑같은, 영원히 독신자로 살겠다는 신앙 고백, 자유분

방한 삶에 대한 예찬 등, 이미 다 알고 있는 것들이다.

앞으로 몇 시간 동안은, 그러니까 잠들 때까지 나는 아무 생각도 하지 않을 것이다. 코로는 코카인을 흡입하고 입으로는 담배 연기를 들이마실 것이다. 더이상 아무것도 느껴지지 않았다. 나를 안은 그의 팔도, 내가 기대고 있는 그의 어깨도. 피로에 지친 내 몸조차도 느낄 수 없었다. 울부짖을 정도로 심한 두통도 느껴지지 않았다.

새벽 여섯시, A의 집에는 더이상 시간이 존재하지 않았다. 대리석 장식대 위에 놓인 모래시계에선 모래가 떨어지지 않았다. 시인들은 지난 시대를 노래했고, 시간을 초월하는 코카인에 의해 모든 것이 정지했다. 그리고 소파 위의 여자애는 영원히 청춘일 것이다.

나는 벽 위에서 춤추는 내 오렌지빛 그림자를 쳐다보았다. 그것은 누구의 그림자도 될 수 있을 것 같았다.

A는 인공 낙원과 자잘한 죄악에 집착하고, 아직 안아보지 못한 모든 여자를 갈구하는, 그래서 결국에는 혼자가 될 틀려먹은 남자들의 부류에 속한다.

이 시간, 저 모든 얼굴, 새벽 녘 영혼이 없는 포옹과 쾌락의 신음 소리. 밤도 아니고 낮도 아닌 이 시간 너의 오르가슴은 정점에 달한다. 그리고 슬며시 눈을 뜨면 네 방은 그저 매음굴일 뿐.

보들레르는 죽었고 네 품에는 한 창녀가 있을 뿐이다……

월풀 욕조 속에서도 나는 추웠다. 그는 샴페인을 마셨지만 나는 마시지 않았다. 촛불이 물에 젖은 우리 육체를 비췄다. 덧문 틈으로 새어 들어온 새벽의 미광에 우리 몸은 회색빛을 띠었고 모든 게 음산해 보였다. 언제나 같은 장면이다.

그가 키스를 했지만 나는 눈을 감지 않았다. 그리고 빗에 끼여 있는 금색 머리카락과 욕실 바닥에 떨어진 빈 콘돔 갑을 보았다.

나는 지쳤다.

그는 페레의 〈예술가의 삶〉을 들려주며 그것이 바로 우리의 이야기라고 선언한다. 과도한 마약 복용으로 텅 빈 그의 눈이 내 눈에 빠져든다. 나는 그의 눈에 비친 내 눈물을 보려 하지만 아무것도 보이지 않는다. 이 새벽과 침묵을 흔드는, 가슴을 에는 듯한 저 노래는 바로 이루지 못한 우리의 이야기다. 오래전 잊은 웃음, 말하지 않은 감정, 모든 것이 끝났고 더이상 아무것도 할 게 없는 듯한 안타까운 느낌. "아무래도 상관없어" 하고 페레는 나지막이 노래한다. 그리고 A는 언젠가 내가 그를 위해 이런 가사를 쓸 수 있을 거라고 했다.

행복은 스쳐 지나갈 수밖에 없는 것,
네가 나를 사랑했다 해도…… 그것으로는 충분하지 않다네.

너의 방탕한 행위는 한순간, 숨겨진 절망을 속이는 것일 뿐.
그것은 치유할 수 없는 저 병들 가운데 하나……
그건 네 잘못이 아니야.

집으로 돌아가는 택시 안에서 나는 반대 방향으로 펼쳐지는 파리를 바라보았다. 그리고 피울 생각도 없으면서 담배를 또 한 대 물었다. 콩코르드 라파예트 호텔이 내 위로 높이 솟아 있다. 작년 겨울 그날 저녁이 생각났다. 우리는 호텔 앞 벤치에 앉아 영화 상영 시간을 기다리고 있었다. 내가 네 외투에 포근하게 싸여 있을 때, 너는 "우리는 우리 인생 내내 서로만을 바라볼 거야"라고 말했다.

이곳을 지나칠 때마다, 서로 껴안고 있는 우리의 실루엣이 보이는 것 같다. 하지만 그 벤치에는 이제 아무도 없다.

과거일 뿐……

나는 포부르 생토노레 거리, 에르메스 매장 앞에서 인내심을 갖고 너를 기다렸어. 너는 여행에서 돌아온 참이었고 날 보고 싶어했지. 너는 늦게 도착했어. 새벽 두시였지. 하지만 나는 춥지 않았어.

그리고 네 운전면허가 취소되었을 때, 우리는 스쿠터를 타고 파리 시내를 돌아다녔어. 여름이 지나 우린 다시 만났고, 생제르

맹에서 저녁식사를 했지. 그때 나는 포도주를 너무 많이 마셔서 아무것도 삼킬 수가 없었어.

그리고 너와 함께 보냈던 그 모든 밤들, 마치 내 침대에서 잘 때처럼 꿈을 꾸며 잘 정도로 익숙해졌던 네 침대.

그리고 시나트라, 파바로티, 레오 페레, 파리 데르니에르, 보들레르……

이제 나는 네가 다른 여자들에게도 그것을 읊어준다는 것을 알아. 그래서 우린 끝났지.

나는 몇 번이나 그 사실에 대해 말했고, 너는 이번엔 정말로 결단을 내렸어.

너는 너의 바보 같은 삶이 더 좋았던 거야. 그래, 행복이란 것은 우리를 지루하게 했을 거야. 우리는 각자 자신이 사는 곳에서 혼자 죽게 될 거야.

나는 이제 사방에서 네 이야기를 들어. 넌 더이상 날 화제로 삼지 않아. 대신 네가 정복한 여자나 네가 실망한 것들에 대해 얘기하지. 내가 과거의 우리에 대해 말하자, 친구들은 대놓고 날 비웃었어……

왜냐하면 내가 '우리'라고 말했기 때문이야.

그들이 비웃는 건 당연해.

택시 기사의 목덜미와 단조로운 엔진 소리, 그리고 차 지붕 위로 후드득 떨어지는 빗소리가 내 의식으로 들어왔다. 신호등이 빨간불에서 파란불로 바뀌었다. 나는 그저 너무 피곤할 뿐이다……

쓸쓸한 거리, 축축한 보도, 외출했다가 새벽 늦게야 잠자리에 드는 이 생활, 가슴이 타는 듯한 이 느낌, 더는 걸을 수가 없다. 숨쉬기도 힘들다.

나는 아무런 욕구가 없다. 뭘 해야 할지 모르겠다. 자고 싶지도 않고 깨어 있고 싶지도 않다. 배고프지도 않다. 혼자 있고 싶지 않다. 아무도 보고 싶지 않다. 모든 게 정지해 있다. 그저 완전히 환각 상태에 빠져 있다.

진실이 천천히 드러났고, 그것이 날 공허하게 만들었다. A…… A도 나에겐 아무 의미가 없다.

3

　나는 혼자 병원에서 나왔다. 오늘 아침 엄마는 날 병원에 데려다주고 회의를 하러 가버렸다. 병원에서 더 쉬어야 했지만 간호사들의 눈을 속이고 나왔다. 배가 아프다. 플라자 호텔 바에서 시빌을 만나기로 했다. 그런데 택시가 보이지 않는다.

　나는 검은색 리넨 바지에 검은색 터틀넥 스웨터, 검은색 나이키 운동화, 그리고 가죽 재킷을 걸치고, 얼굴의 반을 선글라스로 가렸다. 나는 울지 않는다. 그저 택시를 잡고 싶다.

　나는 택시 기사에게 몽테뉴 대로 초입에서 세워달라고 했다. 좀 걷고 싶었다. 나는 아무것도 생각하지 않는다. 사람들이 바쁘게 걸어가며 나를 밀쳤다. 호텔로 들어섰다. 도어맨이 날 알아보고 미소를 지었다. 홀에선 사우디 남자 하나가 아랍 신문을 읽고 있었다. 나는 아는 사람과 마주쳤다. 악몽에서 깨어난 것 같은 기분이었지만 오늘 역시 다른 날과 같은 평범한 하루일 뿐이다.

시빌은 벌써 와 있었다. 아디다스의 요지 야마모토 운동화에 담비 모피 코트를 걸쳤고 양쪽 귀에는 O. J. 페랭의 하트 귀고리를 했다. 그녀는 검은 선글라스를 쓴 채 소설 『9,990원』을 읽고 있었다.

"늦었네. 뭐 하고 있었어?"

"낙태 수술 했어."

그녀는 못 알아들었는지, 아니면 아예 듣지 못했는지 아무 반응 없이 보던 책을 거칠게 덮고는 담배를 꺼냈다. 뒤퐁 라이터로 불을 붙이려 했지만 라이터가 말을 듣지 않았다.

나는 진통제 디안탈빅을 먹어야 했기에 실비의 잔을 가로챘다. 과일 주스인 줄 알고 들이켰는데 숨이 턱 막혔다.

"이게 뭐야?"

"벨리니 마티니."

시빌은 보통 저녁 여섯시 전에는 술을 마시지 않는다. 나는 같은 걸 주문한 뒤 그녀에게 문제가 뭐냐고 물었다.

"우리 아버지지 뭐. 늘 그런 것처럼."

그녀는 세 살 때 어머니를 잃었다. 어머니가 자살했던 것이다.

지금 그녀는 아버지와 단둘이 살고 있다. 오십대인 아버지는 천하에 둘도 없는 전형적인 엽색가에다 과시하기 좋아하고 상습적으로 마약을 복용하는, 한마디로 볼 장 다 본 사람이다.

시빌이 선글라스를 벗고 빨갛게 충혈된 눈을 드러냈다. 그리고 더는 견딜 수 없다며 이야기를 시작했다. 그녀는 아버지의 난폭함과 심한 변덕을 참을 수 없고, 한밤중에 마약에 취해 거실에서 소란을 피우는 아버지의 패거리들 전부 견딜 수 없다. 열대여섯 살짜리 러시아 모델들과 아침식사를 하는 것도 지겹고, 서로 한마디도 하지 않고 마주 앉아 저녁을 먹는 것도 지겹다. 학교에서 돌아오면 아파트는 언제나 비어 있고 아버지 핸드폰으로 전화하면 일주일 동안 발리, 또는 리우데자네이루에 있을 거라는 답이 돌아오기 일쑤다. 잡지를 도배하는 스캔들도 지겹고, 난잡한 애프터로 유명한 발레아레스제도의 이비사 섬에 있는 요트에서 몇 날 며칠을 필리핀인 가정부하고만 지내는 것도 지겹다……

나는 그녀에게 뭐라 해줄 말이 없었다. 사실은 내 알 바 아닌 것이다.

그녀는 신경질적으로 말보로 라이트를 꺼내며 계속해서 신세한탄을 늘어놓았다.

"아버지가 또 돈을 줬어. 쇼핑하라고. 난 아버지 돈엔 관심 없어. 돈이라면 내 지갑에도 잔뜩 있으니까. 쇼핑으로 내가 나아질 수 있다면 아무 문제 없겠지. 나는 열여섯 살부터 프로작을 먹었고 잠들기 위해 메도크 포도주를 마셔. 그리고 매일 밤 외출해서 술 마시고 마약에 취해 살지. 그러다 신경 발작을 일으키며 울고 불고 난리를 치면 아버지는 돈을 줘. 돈, 돈, 또 돈. 이것 좀 봐!"

그녀는 백에서 지폐를 한 움큼 꺼내놓고 울기 시작했다.

"사회복지 상담사를 찾아가봐. 문제에서 벗어나도록 도와줄 거야. 혼자 독립생활을 할 수 있게 말이야. 그러면 아버지한테서 벗어나게 되겠지."

"사회복지 상담사는 돈 없는 사람들을 위해 있는 거야." 절망한 그녀가 우물거렸다.

그녀의 핸드폰이 울리며 무거운 침묵을 깼다. 그녀는 코를 훌쩍이며 전화를 받았다. 통화는 몇 초도 되지 않았다.

"비토리오."

"뭐라고?"

"비토리오라고. 그래, 어제 그가 나한테 전화했어. 새벽 다섯 시에 나이트클럽을 나오면서. 그때 나는 방에 처박혀 울고 있었어. 아버지는 내 아파트에까지 멍청한 늙은이랑 창녀 들을 끌고 와서 음악을 있는 대로 크게 틀어놓고 애프터를 즐기고 있었고. 그것도 70년대 록을. 아버지는 완전 환각 상태였지. 그래서 비토리오한테 데리러 와달라고 부탁했어. 아마 그가 아니라 그 누구였더라도 부탁했을 거야. 테이블에 코카인이 있길래 우리는 그걸 약간 흡입하고 취했어. 그리고 결국엔 섹스를 했어. 생각보다 아주 친절하고 날 이해하는 것 같더라. 우리는 오랫동안 대화를 했어. 나에 대해, 우리 아버지에 대해, 그리고 이 모든 생활에 대해. 후회하지 않아. 아주 좋았으니까."

나는 한숨을 쉬었다.

"네가 비토리오랑 잘 맞는다면, 그러면 된 거지 뭐……"

"아, 있잖아. 처음에는 그냥 섹스 상대로만 생각했는데…… 뭐, 두고 보면 알게 되겠지……"

"그래, 맞아." 나는 맞장구를 치며 용기를 주었다.

"그가 왔어. 나 먼저 가봐야 할 거 같아." 그녀가 말했다.

밖의 햇빛은 너무 눈부셨다. 나는 시빌에게 잘 가라고 인사한 뒤, 매장들을 돌며 쇼핑을 하기로 했다. 보도를 지나가다 비토리오가 운전하는 포르셰 993에 치일 뻔했다. 저 차는 분명 그의 것이 아닐 것이다. 시빌이 차에 오르는 모습을 보자 가슴이 메었다. 차는 쌩 하고 알마 광장으로 사라졌다.

내가 할 수 있는 건 아무것도 없다. 그녀에게는 참 안된 일이지만.

불쌍한 시빌. 너무나 예쁘고 엄청난 부자지만 아무도 그녀에게 관심을 가져주지 않는다.

어제 저녁에 나는 외출을 했고 나이트클럽 카바레와 퀸에 갔다. 그리고 아침 여덟시까지 A와 함께 코카인에 잔뜩 취해 있었다. 세 시간을 자고 난 뒤엔 낙태 수술을 받으러 갔다. 수술하기 전에는 수술받고 나서가 두려웠는데, 수술 후에는 오히려 아무렇지 않았다. 우울해하는 친구를 만나 한잔했고, 이제는 상점을 돌며 쇼핑을 할 것이다. 오늘은 여느 날과 같은 하루일 뿐이다.

나는 크리스티앙 디오르 매장으로 가기 위해 길을 건넜다. 주변을 둘러보던 나의 눈은 프랑수아 1세 광장에서 멈췄다. 시작하기도 전에 끝나버린 사랑 이야기와 빌려온 조르주 바타유의 책들, 유감스럽게도 반납 날짜가 한참 지난 그 책들 생각이 머릿속을 스쳐 지나갔다.

조용하고 고급한 쇼윈도는 햇살을 받아 물결무늬로 반짝였다. 이상하게도 그 유리에 내 모습이 비치지 않는 것 같은 느낌이 들었다. 오늘 나는 내가 속한 세계의 빛나는 무대에서 맡은 역할을 제대로 해내지 못할 것 같다. 디오르 매장으로 들어갔다. 흥미롭게 액세서리 카탈로그를 보는 척했지만, 사실 보지도 않고 페이지만 넘기고 있다. 나는 왔다 갔다 서성이며 이상야릇한 옷들과 말 안장 같은 백들 사이를 방황했다. 이 부조리한 상점에서 인생의 성공과 실패를 가늠하기란 별로 어렵지 않다. 인생의 실패는 바로 계산대 뒤편에 있다. 그녀들은 검은색 옷을 입고 계산대에 서서 그들이 결혼할 수도 있었을 한 남자의 황금빛 카드를 받아들고 부지런히 손을 움직인다. 나는 얼룩말 무늬 수영복 천을 만지작거렸다. 내년이면 유행에 뒤져 전혀 센스 없는 물건이 되고 말 것이다. 그래도 나는 그것을 사기로 했다. 나는 어색하게 매장을 둘러보는 레바논 여자들 사이를 지나 꼬마 엄지가 길에 떨어진 자갈돌을 따라가듯 옷에 붙은 가격표를 따라가며 고개를 이리저리 움직였다. 내 팔 위에 진열대에서 빼낸 옷걸이들이 쌓여갔다. 그것들은 호사스런 넝마를 걸치고 처형된 사형수들처럼 내 팔에 매달려 덜렁댔다. 이 옷들을 입지는 않을 것 같지만 그래도 산다. 그리고 어디로 갈지 정하지도 않고 매장을 나왔다. 몽테뉴 대로는 때 묻지 않은 청명함으로 빛났지만 나는 아무 느낌이 없었다. 참 어리석다. 눈을 뜨고 있지만 아무것도 보지 못하니까. 나는 몇 미터쯤 걸어갔다. 다른 매장의 쇼윈도가 나타났다. 내 시선은 비정상적으로 작은 옷에서 멈췄다. 그게 뭔지 잘 이해되지 않았다. 나는 그 작은 물건을 살펴보았다. 바지 폭이 너무 좁아 내 손목도 들어가지 않을 것 같았다. 나는 넋 나간 듯한 얼굴로 그것을 계속 바라보았다. 그리고 잠시 후 쇼윈도에 진열된 모든 것이 같은 모델을 위해 만들어진 것임을 알아보았다. 작은 실내화, 작은 셔츠, 너무나 맵시 있고 앙증맞은, 단추

달린 작은 외투…… 그제야 내 의식이 수면 위로 떠올랐다. 순간 숨이 멎는 것 같았다. 두 눈 사이를 주먹으로 얻어맞은 것처럼 형언할 수 없는 고통이 온몸으로 번지며 쓰라린 눈물이 흘러내렸다. 평소엔 아무 때나 쓸데없이 운 나머지 눈물의 의미도 잊고 있었는데, 이건 진짜 눈물이었다. 내 뱃속에 있었지만 결국 태어나지 못한 아기를 위해 흘리는 눈물.

나는 몽테뉴 대로, 베이비 디오르 매장 앞에서 불쌍하게 흐느껴 울었다. 부들부들 떨리는 두 손으로 입을 틀어막고 고개를 숙였다. 두 다리는 간신히 버티고 있었다. 나는 값비싼 쇼핑백들을 길바닥에 떨어뜨렸다……

누군가가 손수건을 내밀었다. 고개를 들었다. 눈물 때문에 흐려진 시야로 낯선 얼굴의 윤곽이 들어왔다. 나는 눈물을 닦고 착한 아이처럼 코도 풀었다. 이제 날 위로하는 천사를 알아볼 수 있었다. 그는 정말로 천사의 얼굴을 하고 있었다. 술 장식 같은 긴 속눈썹 아래 그의 눈이 반짝거렸다. 나이는 스물이 약간 넘은 듯했다. 그가 미소를 지으며 물었다.

"괜찮아?"

그가 나에게 내 쇼핑백을 내밀었다. 그의 다른 손에도 쇼핑백이 들려 있었다. 나는 손을 내밀었다.

"아니, 이건 내 거야. 내 생각에 우리는 아는 사이 같은데. 그래서 그냥 지나치지 못했어. 집까지 데려다줄까? 혼자 있고 싶다면 택시 정류장에서 내려도 되고. 넌 지금 쇼핑을 계속할 상태가 아닌 것 같아."

나는 한마디도 하지 않고 고개를 저은 뒤 발길을 돌렸다. 이미 그에게서 꽤 멀어졌다. 바로 몇 초 전만 해도 난 일어날 수 없을 만큼 힘들었다. 다리는 아직도 후들거렸다. 이유는 잘 모르겠지만, 어쨌든 지금은 누군가에게 첫눈에 반할 때가 아니다.

나는 천천히 걸었다. 이젠 택시 안에서도 절대 울지 않을 자신이 생겼다. 나는 살갗 위로 내려앉는 이 햇살이 좋고 머리카락 냄새와 즐겁고 나른한 이 분위기가 좋다. 나는 아귀아귀 탐욕스럽게 삶을 산다. 시련으로 휘어지기는 해도 쓰러지지는 않는다. 삶은 계속 이어진다. 몇 미터를 걸어간 나는 미소를 지으며 뒤돌아보았다. 그가 운전석 옆자리에 쇼핑백을 던지고 검은 포르셰에 올라타는 모습만 겨우 볼 수 있었다. 햇빛 때문에 눈이 부셔 처음엔 그의 차 번호판을 볼 수 없었다. 그가 시동을 걸었고, 마침내 차 번호판이 눈에 들어왔다. 750NLY75.

그는 붕붕거리며 사라졌다…… 나는 담배에 불을 붙였다.

몽테뉴 대로에 햇살이 있는 한 나는 행복을 믿고 싶다……

4

나 자신을 아직 소개하지 않았다. 부모님은 나에게 엘라라는 이름을 지어주었다. 그러나 난, 내 모습과는 사뭇 다른, 얌전하고 귀염받는 어린 소녀 같은 이미지를 풍기는 이 엘라라는 이름이 늘 싫었다. 친구들은 날 엘*이라고 불렀다. 하지만 거리를 지나가는 아무 여자나 가리키는, 또는 여성잡지, 또는 톱슈퍼모델, 또는 어리석은 짓을 저지른 여자를 지칭하는 것 같은 이 엘도 맘에 들지 않기는 마찬가지였다.

그래서 나는 나를 위해, 그리고 알아들을 만한 사람들을 위해 스스로 다른 이름을 지었다.

내 이름은 헬(Hell)이다. 그 이름대로 나의 운명은 예정되어 있다.

---

* 프랑스어로 엘(elle)은 3인칭 여성 단수 '그녀'를 뜻한다.

나는 언제나 고통을 사랑했다. 또한 나의 실망과 씁쓸한 사색을 뒤틀고 악화시키는 걸 즐겼다. 부모님과의 대화는 늘 삐거덕거렸고, 잔인하고 여유가 없는 아이들한테는 전혀 이해받지 못했다. 따라서 나는 이들과 어울리기를 바라지도 않은 채 늘 거리를 두고 지냈고, 이런 생활은 청소년기 내내 이어졌다. 그 시절에 나는 남들보다 잘 모르는 것처럼, 바보처럼 보이는 것이 훨씬 낫다는 걸 깨달았다. 또한 삶이 부조리하다는 것을 깨닫기 시작했다. 독서를 통해 그 느낌을 확인했고 내가 느끼던 삶의 불쾌감을 명확히 이해할 수 있었다. "다 무슨 소용이람?"이라는 회의적인 말이 자주 입에서 튀어나왔으며 이 모든 걸 견디기가 힘들었다. 믿어보고 싶었지만 날 실망시킨 인간 존재의 갖가지 부패와 어쩔 수 없이 죽음으로 이어지는 미래의 블랙홀에 대해서도, 또 진정한 의미의 블랙홀도 알게 되었다. 더불어 내가 깊이 따져볼 시도조차 하지 않았던 그 밖의 비슷한 생각들도 이해하게 되었다.

그리고 나는 낙태 수술을 받았다.

처음에는 아무 느낌이 없었다. 다만 내가 고통받기 위해 태어났다는 직감이 맞아떨어지는 걸 지켜보는 천박한 만족감 외에는.

그런데 놀라운 건, 내가 고통을 느끼지 않았다는 것이다.

고통은 수술 후 몇 시간 뒤 유아복을 파는 그 매장 앞에서 의식의 영역으로 들어왔다. 숨이 멎을 듯 가슴이 탁 막히고, 머릿속에서는 불꽃다발이 한꺼번에 폭발하는 것 같았다……

이어지는 발작 증상 때문에 겁이 났다.

그것이 격렬해서가 아니라 통제할 수 없는 것이었기 때문이다.

모순으로 보이겠지만, 내가 느끼는 감정들을 가만히 주시하다보면 오히려 그 감각적인 고통에서 벗어날 수 있었다. 고통의 원인이 뚜렷했기 때문에 가능한 일이었다. 나는 울고 싶을 때 울고 웃고 싶을 때 웃는 감정의 기계였으니까.

그런데 아이의 상실이 가져다준 고통은 통제할 수 없었다. 그 고통은 감지할 수 없을 만큼 희미하게 느껴졌다. 예를 들면, 아이를 생각하면 시선을 어디에 둬야 할지 몰라 힘들어져 하늘을 올려다보는 정도로만.

이 무렵 나는 열일곱 살이었고, 고통이란 삶의 단조로움을 벗어나 숭고함에 접근하게 해주는 방법일 뿐이라고 생각했다. 그렇지만 지금 내가 겪고 있는 이것, 이것은 내가 생각했던 고통이 주는 그런 시련과 아픔과는 다르다.

아무런 대처 방법도 없이 울부짖을 수밖에 없는 절망, 이건 내가 전혀 알지 못하는 것이다.

5

오늘 밤 황금 삼각지대에 폭탄이 떨어졌다. 조르주 5세 대로와 샹젤리제 대로의 홀수 번지 쪽, 그리고 몽테뉴 대로 일부가 파괴되었다. 아스팔트 도로에는 오트 쿠튀르의 모델들을 비롯한 사람들의 시신과 잔해가 널려 있었다. 파리는 이제 추억에 불과했다. 기업 대표 예순세 명과 저명한 수완가, 정치인 들은 이 재앙으로 자식들을 잃었다. 사우디아라비아 왕가 몇몇이 포시즌스 호텔에 머물고 있었고, 외교부 장관은 보카도르 가에 있는 친구 집에서 저녁식사 중이었다. 파리에 주재하는 외국 대사관 가운데 절반이 폭발했다. 프랑스는 공포에 싸여 마비된 상태였다. 전 세계가 불안에 떨었는데 그건 당연한 일이었다. 왜냐하면…… 우리는 이 폭발 사건으로 모두 죽었기 때문이다.

"삐! 삐! 삐!"

나는 소스라치게 놀라 깨었다. 시트 속에서 손이 기어나와 그 빌어먹을 핸드폰을 움켜쥐었다.

"잠 좀 자자!" 하고 울부짖은 뒤 나는 난폭하게 전화를 끊었다.

십 분쯤 지나서야 의식이 뚜렷해졌다. 말하자면 분명하게 생각하기 시작했다. 오늘 저녁은 일요일이다. 나는 일요일이 싫다. 나는 오늘이 아니라 오늘 저녁이라고 했다. 벌써 오후 다섯시이기 때문이다. 방금 잠에서 깨어났는데 밖은 벌써 어둑어둑하다. 11월이라 그렇다. 11월은 하루를 시작하기도 전에 끝나버리는 달이다. 그래서 나는 내 인생의 하루를 잃었다. 그렇게 생각하니 신경질이 났다. 게다가 일요일이다. 할 게 아무것도 없다. 그리고 11월은 **춥다**. 또 시작이다. 기분이 나쁘다.

나는 자리에서 일어나려 애써보지만 번번이 실패로 돌아가고 만다. 내 몸 각 부분들이 하나로 단결해 은총을 구해본다. 어젯밤에 나는 메종 블랑슈에서 한심한 애프터에 휩쓸려갔다가 아침 여덟시에 집에 돌아왔다. 집에 들어올 때 현관에 있는 괴물같이 큰 도자기를 건드려 떨어뜨렸다. 내 귀가는 엉망이 되었다. 이제 그것 때문에 귀가를 망칠 일은 없겠지. 벌써 산산조각 나버렸으니까. 문제는 그것이 매우 값비싼 물건이라는 것이었다. 이 소란으로 부모님이 잠에서 깼고, 내 귀가 시간과 깨진 도자기, 그리고 내 흐리멍덩한 눈 때문에 그들은 화를 냈다. 하지만 나는 이 문제는 내일 말하자고 하고 잠자러 들어왔다. 너무 졸렸다.

나는 몰래 부모님에게 전화를 걸어 집에 있는지 확인했다. 집에 있든 없든 잔소리를 면치는 못하겠지만. 그런데 신호음이 열두 번 울리더니 우스꽝스러운 자동응답 멘트가 흘러나왔다. 이제 나는 그들이 집에 돌아와 전쟁을 시작하기 전에 샤워를 하고 초스피드로 옷을 입고 몰래 도망치기만 하면 된다.

여덟시. 마침내 외출 준비가 끝났다. 운이 좋았다. 진짜로. 부모님이 아직 돌아오지 않았다. 난 게스 청바지에 검은색 스웨터를 입고, 프라다 부츠를 신었다. 스웨터 앞부분에는 스와로브스키 크리스털로 'GLAMOUR'라는 글자가 박혀 있었다. 검은색 가죽 재킷을 걸쳤다. 시간이 없어 화장은 하지 않았다. 나는 복도로 달려나갔다. 십 분 전부터 아래에서 택시가 기다리고 있었기 때문이다.

오늘 저녁 여덟시에 레스토랑 커피에서 친구들이랑 저녁식사를 하기로 했다.

나는 레스토랑 안으로 들어갔다. 내가 꼴찌다. 빅토리아, 리디, 라에티티아, 클로에, 시빌, 카상드르, 샤를로트가 나를 보자마자 동시에 소리를 질렀다. 삼십 분 전부터 날 기다리느라 배고파 죽을 뻔했다고 난리였다. 그녀들은 아예 나이트클럽으로 가

자고 했다. 내가 내키지 않는다고 하면 대답은 언제나 똑같다. 억울하면 정시에 도착하라는 거다. 젠장.

나는 자리에 앉으며 거짓말을 시작했다. 어젯밤 도자기를 깼다고 부모님이 날 가두는 바람에 침대 시트를 찢어 조각조각 끝을 연결해 줄을 만들어 타고 창문을 통해 도망쳐 나왔다고.

아무도 믿지 않는 눈치다. 어쨌든 주문한 요리가 나왔기 때문에 한동안 긴 침묵이 이어졌다. 나는 클로에가 나와 마찬가지로, 똑같은 위치에 'GLAMOUR'라고 적힌 스웨터를 입은 걸 발견했다. 짜증이 났다. 하지만 다행스럽게도 그녀의 백은 루이뷔통 모노그램이었고, 내 백은 루이뷔통 에피였다.

카상드르의 목소리가 이 고상한 명상에 잠겨 있던 날 깨웠다. 그녀는 입안 가득 크로스티니*를 넣고는 어제 저녁에 다른 애들이 놓친 기억할 만한 애프터에 대해 들려주기 시작했다. 우리는 새벽 네시에 그녀 삼촌의 친구인 매우 저명한 실내장식가 집에 갔다. 그가 조르주 5세 대로에 있는 자신의 호화로운 펜트하우스에서 생일파티를 열었기 때문이다. 파티는 밤 열시에 이미 시작했다. 우리가 도착했을 때는 술에 만취하거나 마약에 취한 오십여 명의 사람들이 손에 술병을 들고 아파트 안을 거닐며 모든

---

* 바게트 빵 위에 버섯, 토마토, 닭 간 등을 얹은 애피타이저용 요리.

것을 부수고 있었다. 저명하다는 그 실내장식가가 제일 앞장서서 모든 걸 파괴했다. 곤드레만드레 취한 그는 끊임없이 이렇게 소리를 질러댔다. "뭘 짓거나 만들 필요가 없어! 이제는 모든 걸 파괴해야 해!"

"그리고 우리는 미치광이 벤지를 만났어. 생티아는 옆에 없었고. 시빌, 네 아버지와 비토리오, 크리스, A, 그 서른다섯 살짜리 슈퍼 미남 뉴요커랑 쥘리앵도 만났어. 그런데 다들 상태가 말이 아니었지…… 우리는 살롱에 따로 있었는데 쥘리앵이 테이블 위에 코카인 가루를 이 그램 정도 내놓았어. 다들 가루 몇 줄씩을 해치웠고, 갑자기 헬이 일어나서는 재미없게 굴지 말라며 고함을 지르더니 남은 코카인을 몽땅 흡입했어. 이 초도 안 돼 깨끗하게 바닥이 났지. 모두들 헬을 죽이려 들었는데 시빌, 네 아버지가 말렸어. 그래서 헬이 소파 위에서 미친 듯이 웃고 소리 지르는 동안 아무도 뭐라 할 수 없었어. 헬은 늘 하던 대로 다시 자리에서 일어나 모두에게 한마디씩 해대기 시작했지. 비토리오한테는 일을 복잡하게 만드는 한심한 멍청이라고 했고, 벤지한테는 생탄 병원에서 생을 마감하게 될 거고 창녀와 결혼할 텐데, 그녀는 만 프랑을 벌기 위해 열네 살 때 처음 펠라티오를 시작했을 것이라고 말했어. 그리고 크리스한테는 마약 과다 복용으로 죽게 될 거라고, 쥘리앵한테는 계집애를 돈 주고 샀다는 걸 파리 전체가 알고 있다고 했지. 또 거기 있는 남자애들이 하나같이 우스꽝스럽다고, 스물다섯에 가죽 점퍼를 걸치고 선글라스를 끼고 매일 밤 나이트클럽을 드나드는 꼬락서니가 한심하다고 하고는 '허무해, 다 허무해' '니들은 모두 지금 이 모습 그대로, 외롭게 혼자 죽을 거야' 하고 계속 소리를 질러댔어. 그러고 나서 시빌네 아버지가 우리를 데려가서 함께 있었어."

"니들 지금 우리 아버지랑 2차 갔다는 거야?"

"아니, 너네 아버지만이 아니라 너네 아버지하고 네 남자 친구하고 다 같이 갔다는 거야." 내가 말했다.

시빌은 인상을 찌푸렸지만 할 말이 없었는지 대꾸하지 않았다.

카상드르가 시빌에게 비토리오랑 요즘 뭐 하는 거냐면서 그는 그녀의 마지막 한 푼까지 벗겨먹을 치사한 놈팡이라고 했다.

"그만해. 걔는 시빌에게서 아무것도 훔치지 않았어……" 빅토리아가 말을 끊었다.

"고맙다, 빅토리아."

"나도 끝까지 좀 말해보자, 시빌. 그래, 지금까지는 그가 너한테서 아무것도 훔치지 않았겠지. 돈도, 텔레비전도, 그림도. 지금이야 그저 일주일에 네 번 정도 저녁 초대를 받고, 네 아버지의 메르세데스 ML을 모는 걸로 만족하겠지. 너는 그한테 그 끔찍한 돌체 앤 가바나 슈트 정도나 선물해주면 되는 거고. 그걸 위해 이만 프랑이라는 막대한 금액을 지불하면 되고."

"그때는 그의 생일이었어."

"그건 그렇다 쳐. 그럼 십 년 전부터 친구 사이인 나한테 이만 프랑짜리 선물을 해준 적 있어? 난 이거 받아들이기 힘들다." 내가 쏘아붙였다.

"그는 네 돈을 따라다니는 거야, 시빌. 이건 판에 박힌 이야기라구. 십 프랑도 없는 주제에 그 사치스런 취향하며. 너 개가 차고 다니는 시계 봤니?" 클로에가 끼어들었다.

"시계 얘기가 나왔으니 말인데, 애들아, 내 새 부슈롱 시계 좀 봐줘." 리디가 익살을 떨었지만 아무도 그녀의 말을 듣지 않았다.

"나한테 빅 뉴스가 있어. 니들 누가 그한테 그 시계를 선물한 줄 알아? 다이아몬드가 가득 박힌 그 엄청난 롤렉스 데이토나를? 바로 가브리엘 디 산세베리니야!" 카상드르가 말을 이었다.

"나도 알아. 그가 그녀하고 사귀었대. 하지만 이제 헤어졌어. 그녀가 하도 실망시켜서." 시빌이 말했다.

"실망했겠지, 십만 프랑짜리 시계를 받았으니."

"말도 안 돼. 롤렉스에서 할인이라도 받은 건가?"

"그러면 이별의 선물이었던 거야?"

"너의 보잘것없는 그 이만 프랑짜리 슈트와는 비교할 수조차 없지."

"그만들 좀 해대. 그래, 나 남자 있다! 왜 그렇게들 말이 많아?" 시빌이 드디어 폭발하고 말았다.

"미안하지만 난 아직 남자들한테 돈을 쓰지는 않아." 빅토리아가 다시 시작했다.

정말로 신경질이 나기 시작한 시빌이 계속 말했다.

"말이 나왔으니 말인데, 나는 헬처럼 미친 애들을 쫓아다니거나 리디처럼 가엾은 색광이 되기보다는 비토리오를 위해 갖고 있는 돈을 좀 쓰는 게 낫다고 생각해. 그리고 카상드르, 너 자꾸 똑똑한 척하는데, 그래, 산세베리니 집안에 대해 말해볼까? 그 집안엔 롤렉스를 선물한 가브리엘만 있는 게 아니지. 그애의 오빠, 너랑 섹스하고 난 뒤에 널 창녀처럼 버린 앙드레아도 있지, 아마?"

"그 얘긴 또 뭐야, 카상드르? 너 나한테 앙드레아 얘기 한 적 없잖아? 난 가브리엘한테 오빠가 있는 줄도 몰랐네, 오빠가 있어?" 내가 물었다.

그러자 모두들 믿을 수 없다는 얼굴로 동시에 날 뚫어지게 쳐다보았다.

"뭐? 너 앙드레아 디 산세베리니 몰라?"

마치 한 사람의 입에서 나오는 비명처럼 그 일곱 명의 입에서 똑같은 말이 튀어나왔다. 빅토리아가 딱하다는 듯이 말했다.

"헬, 매일 저녁 그렇게 나이트클럽의 지저분한 남자들이나 만나더니, 정말 아는 게 없구나. 넌 그저 네 카바레, 네 퀸이나 알지. '널 즐겁게 해주는' 그 토할 거 같은 늙은이들이랑 A와 B, 또 마약에 취해 사는 네 친구들밖에 몰라. 앙드레아가 누구냐고? 바로 이 16구에서 가장 잘생기고 가장 상큼한 남자, 모든 여자애가 선망하는 남자, 아무도 가진 적이 없고 누구도 결코 차지하지 못할 남자라구."

"그건 또 왜?"

"왜냐하면 맛이 갔거든. 너보다도 더 맛이 갔다고. 그에 관해 수많은 황당한 이야기들을 들어 알고 있지. 그가 여자애들한테 저지른 믿을 수 없는 이야기들 말이야……" 빅토리아가 대답했다.

"얘기 좀 해봐."

"어느 날 밤, 나이트클럽에서 그가 생티아를 잡은 거야. 그리고 생티아네 집까지 같이 갔대. 그런데 집으로 들어가서는 그녀를 건드리지도 않더래. 그녀는 이해할 수 없었지만 어쨌든 샤워부터 하려고 욕실에 들어가서는 그한테도 들어오라고 했는데 또 거절하더래. 그래서 그녀는 알몸으로 욕실에서 나와 그의 옷을 벗기려고 달려들어 한 시간쯤 실랑이를 벌이다 결국 포기했대.

그랬는데 그가 가야 한다며 그녀를 혼자 버려두고 가버린 거야. 그래놓고 다음 날 전화해서는, 그날은 그녀가 먼저 설쳐대서 당황했던 거라며 사실 그녀를 아주 좋아한다고, 저녁식사를 같이 했으면 좋겠다고 했대. 그러면서 그 무렵 막 개장한 바플라이에서 만나자고 했다나. 그는 그녀의 집으로 데리러 가기 싫어서 자기 포르셰가 고장났다고 말했어. 그리고 결국 약속 장소에 나오지도 않았던 거지. 가엾은 생티아가 바보처럼 기다리는 동안 그는 스트레자에서 다른 친구들이랑 저녁을 먹고 있었대. 그녀는 자정까지 기다리다 혹시 그가 바시에 있나 싶어 가봤더니 역시나 거기 있더라는 거야. 그녀는 그에게 고래고래 소리를 지르며 울부짖었어. 그는 그녀를 못 본 척, 아예 모르는 척하다가, 그녀가 보는 앞에서 타티아나 루마노프와 같이 도망쳐 나갔대. 불쌍한 생티아는 나이트클럽 앞까지 울면서 그들을 쫓아갔어. 그리고 앙드레아를 붙잡고 도대체 자기한테 왜 그랬냐고 설명해달라고 애원했대. 그녀가 자동차 문을 단단히 붙잡고 있었는데도 그가 시동을 걸고 출발하는 바람에 생티아는 바닥에 쓰러져 굴렀지."

"나쁜 자식!"

나는 믿을 수 없었다. 그런데 맘에 들었다.

"그게 다가 아냐." 빅토리아가 이야기를 계속했다. "차 안에서 그는 타티아나에게 자신은 프로작을 복용 중이라 리비도에 문제가 있다면서 발기하기 위해서는 특별한 분위기가 필요하다고 했어. 그래서 그 타티아나 년은 그와 섹스하기 위해 원하는 건 뭐든지 하겠다고 약속했지. 앙드레아는 그녀를 나이트클럽 샹델로 데려갔어. 룸으로 들어가서 그가 먼저 그녀를 부추기며 분위기 조성에 들어갔어. 그녀에게 코카인을 조금 주고 먼저 취하라고 하면서 자신은 발기하려면 약간 훔쳐보는 게 필요하다고 한 거야. 그렇게 그녀를 난교 파티 한가운데에 던져놓고, 그는 다시 바시로 돌아갔대. 여자애는 미치는 거지."

타티아나 루마노프는 뜯어고치지 않은 데가 없고 핵폭탄 급으로 섹시한 여자다. 또한 포르세를 몰고 옷도 갈리아노 것만 입는다. 나는 그녀를 싫어한다.

"그럼 그가 라디에이터에 묶어둔 채로 주말 내내 방치했다던 그 여자애는 누구야?" 클로에가 물었다.

"뭐!" 내가 놀라 소리 질렀다.

"그건 크리스 여동생 이졸드. 이졸드가 그한테 미쳐서 그와 섹스할 수만 있다면 뭐든지 하겠다고 했대. 그래서 어느 날 저녁, 그가 그녀에게 전화해 자기 집으로 오라고 했어. 그렇게 그녀를 꾀어 집으로 데려온 뒤 그녀가 라디에이터에 묶인다면 섹스를 하겠다고 그랬대. 이졸드는 하는 수 없이 그의 제안을 받아

들였지. 그런데 그녀를 묶고 나서는 담배가 떨어졌다며 사러 나간 거야. 그리고 도중에 친구를 만나 그 친구랑 함께 도빌에 간 거지."

"그래서?"

"그는 도빌에서 주말을 보냈어. 그동안 이졸드는 라디에이터에 묶인 채 있었고. 그것도 발가벗은 채, 이틀 동안 아무것도 먹지 못하고. 월요일 아침에 필리핀 여자가 그녀를 발견했대."

"그 여자애는 고소도 하지 않았대?"

"응, 문제는 바로 그거야. 그를 사랑하기 때문에 고소하고 싶지 않다고 했대."

"그럼 크리스는?"

"크리스는 그를 죽이려 들었지. 크리스가 방돔 광장의 프레드네 집 앞에서 앙드레아를 붙잡았어. 그런데 그를 때리기는커녕 오히려 흠씬 얻어터졌단다."

"그런데 걔는 도대체 왜 그런 짓을 한다니?"

"내가 걔랑 같이 피데스*에 다녔잖아." 라에티티아가 나섰다. "한번은 걔가 이렇게 말하더라. '나는 아무도 좋아하지 않고 또 아무 할 일도 없어. 기분을 바꿔보려고 딴짓을 해본다거나 있는

---

* 상류층 자녀가 주로 다니는 사립 학교.

그대로의 진실을 가리는 일 따위는 하지 않아. 인생은 치사한 거야. 매 순간 명철한 상태로 있다는 건 형벌이나 마찬가지지.'"

나는 미소를 지었다.

"그럼 카상드르, 그가 너한테는 어쨌는데? 하긴 너는 그와 섹스를 했으니 그래도 행복한 여자라고 생각할 수도 있지. 그런 기회가 누구에게나 오는 건 아니니까."

"그 바보 같은 자식 얘기는 하기도 싫다. 난 그 녀석이 죽었으면 좋겠어. 진짜 싫어."

카상드르는 화제를 다른 쪽으로 돌렸다. 우리는 갖고 있는 뒤퐁 라이터를 켜며 딸칵 소리를 서로 비교하고 망사 스타킹의 레이스 모양을 살펴보며 의견을 나누기도 했다. 샤를로트에 따르면 망사 스타킹은 이제 완전 한물 간 아이템이란다. 이 말에 얼마 전 울퍼드에서 코가 성긴 망사 스타킹을 산 라에티티아는 절망했다. 우리는 스무 살 생일에 부모님한테 어떤 시계를 선물받는 게 좋을지 의견을 나누었고, 잔인함의 외적 상징인 모피 코트에 대해서도 말했는데, 그것을 입을 때는 꼭 더러운 요크셔테리어 한 마리를 동반하는 게 좋다고들 했다. 그리고 이제 아무도 크슈타트 호텔에는 가지 않고, 피에르 샤롱 거리에 새로 문을 연, 앙드레 푸트맨이 실내장식을 한 새 호텔을 이용한다고 했다.

"우리 이제 뭐 할까?" 빅토리아가 조바심을 내며 물었다.

우리는 삼십 분 전에 이미 식사를 마치고 분홍빛 포도주를 세 병째 마시는 중이었다. 이제 오늘 저녁 우리가 뭘 할지 정해야 할 때다. 절반은 영화를 보자는 쪽으로 기울었고 나머지 반은 한 잔 더 마시러 가길 원했다. 십 분 정도 옥신각신했지만 소득은 없었다. 빅토리아가 먼저 영화관에 갔다가 그다음에 한잔 더 하러 가자고 제안했다. 아무도 이의를 제기하지 않았다.

우리는 CRY75 번호판을 단 시빌 아버지의 메르세데스 ML에 거의 포개어 탔다. 시빌은 면허증 없이 운전을 했다. 우리는 〈벨 아무르〉를 틀고 볼륨을 끝까지 올린 채 노래를 따라 부르고 고래고래 소리를 지르며 빅토르 위고 대로로 올라갔다. 우리는 〈뉴욕의 가을〉을 볼 예정이었다. 시빌은 샹젤리제에 차를 주차했다.

극장 앞에는 십 미터가량 줄이 늘어서 있었지만 우리는 전화로 미리 예약을 했기 때문에 줄 서 있는 사람들을 지나 카드로 티켓값을 지불하기만 하면 되었다. 극장 안으로 들어서자 광고가 끝나가고 있었고 잠시 후 다시 조명이 들어왔다. 모두가 돌아보며 "쉿" 하고 주의를 줬다. 우리가 너무 시끄럽게 떠들었던 것이다.

자리에 앉았을 때 카상드르가 맨 끝줄을 가리키며 웃음을 터트렸다. 돌아보니 거기엔 그저 그런 금발 여자를 동반한 A와 미치광이 벤지, 불쌍한 생티아, 그리고 쥘리앵과 크리스가 앉아 있었다. A만 빼고 다들 몹시 놀란 표정으로 날 흘겨보았다. A는 날 원망할 이유가 조금도 없었다. 나는 그에게 손을 흔들며 잘 지내냐고 물었고 그는 미소를 지었다.

이어서 갑자기 여기저기서 부르는 소리가 나더니 아는 사람들이 자리에서 일어나 인사하러 왔다. 일어나지 않은 친구들은 자리에 앉은 채 우리에게 전화를 했다. 마치 어느 저녁 파티에 온 것 같았다. 카상드르는 옛 남자 친구하고 충돌 중이었고 빅토리아는 마음에 안 드는 어떤 여자한테 팝콘을 던지고 있었다. 우리의 행동은 속인들을 질리게 했다. (속인이란 우리 집단에 속하지 않는 이들을 가리킨다. 그들은 한 극장에서, 기분 전환을 위해 영화를 보러 온 극장 객석에서, 사교계의 홀이 아닌 이 객석에서 삼십여 명이 서로 아는 사이일 수 있다는 것을 이해하지 못했다. 그들은 우리 사교계에 대해 전혀 모른다. 신이 사교적이라는 것도 모르고 샹젤리제에 있는 극장에는 가지 말아야 한다는 것도 모른다.) 그들 중 몇몇이 일어나 "쉿! 바보 같은 자식들" 하고 외치고는 다시 자리에 앉았다. 이어서 들끓던 웅성거림이 잦아들었고 모두들 제자리에 앉았다.

"일요일에는 절대로 극장에 오지 말아야 한다니까." 내가 빅토리아에게 말했다. 그녀는 내 말에 동의했다. 영화는 적어도 오분 전에 이미 시작한 상태였다.

밤 열두시 반에 극장에서 나오자마자 나는 담배를 입에 물었다. 영화는 형편없었다. 이에 대해 우리 모두 의견이 일치했는데 리디만은 반대였다. 그녀는 아주 만족해했다. 당연하다. 그녀는 멍청하니까. 우리는 잠을 자러 집으로 기어 들어가고 싶은 맘이 조금도 없었다. 그래서 다 같이 퍼싱 홀로 한잔하러 가기로 했다. 퍼싱 홀 호텔은 피에르 샤롱 거리에 새로 문을 연 비까번쩍한 곳이었다. 우리를 우울하게 하는 삭막한 샹젤리제 거리와는 대조적으로.

카상드르가 웃음을 터트리며 내 팔을 붙잡고 노래를 부르기 시작했다. 흥분한 그녀에게 이끌려 나까지 흥분이 되었다. 아마도 포도주 세 병의 여파인 것 같았다. 이유도 모르면서 나도 덩달아 그녀를 따라 노래했다. 우리는 극장 앞 인도에서 빙그르르 돌며 껑충껑충 뛰어댔다. 그때 갑자기 검은 포르셰 한 대가 콜리제 거리에서 튀어나와 우리를 칠 뻔했다. 차 등록번호가 750NLY75였다. 내 심장은 은밀하게 두근거리기 시작했다. 자동차가 날카로운 소리를 내며 멈추더니 후진해서 우리 쪽으로 다가왔다. 차 유리창이 천천히 내려가고 한 천사가 얼굴을 내밀었다.

"아, 진짜, 난 매번 네가 이런 상태일 때 보는구나…… 데려다줄까?"

나는 조금도 망설이지 않고 차 문을 열고는 안으로 들어갔다. 우리는 물론 제한 속도를 무시하고 샹젤리제 거리를 달렸다.

"나는 네 이름도 모르는데."

"너 좋을 대로 불러……"

"시작이 괜찮군."

"넌 내가 어디 사는지 알고 싶지 않은 것 같다. 나를 우리집까지 데려다주는 줄 알았는데?"

그가 차를 세우고 시동을 끄더니 내 쪽을 바라보았다.

"이름이 뭐야?"

"헬."

"지옥?"

"맞아. 바로 그거야."

그가 다시 출발했다.

"앙드레아."

"뭐라고?"

"알아들었으면서."

갑자기 모든 게 분명해졌다. 내가 차에 오를 때 새하얗게 질리던 카상드르의 얼굴, 허무주의자 같은 말들과 세상에 둘도 없는 퇴폐적인 행동을 한다던 그 앙드레아가 완전히 낯설게만 느껴지지 않았던 까닭 — 어쩌면 그게 낯설게 느껴지는 쪽이 오히려 우리가 살고 있는 세상에서는 더 놀라운 일일지도 모르겠다—그리고 두 달 전 몽테뉴 대로에서 내가 느꼈던 흥분 등 이 모든 것이 한번에 이해되었다. 하지만 그때는 끔찍한 일을 치르고 난 뒤라 흥분이 죄책감에 눌렸고, 그 죄책감이 내 기억에서 그와의 만남을 지워버렸다. 그런데 그 흥분이 강력하게 다시 되살아났다. 이 들뜬 흥분은 친구들한테 그에 관한 이야기를 들었을 때 느꼈던 흥분과 완전히 일치했다.

"나에 대한 소문이 안 좋지?" 그가 물었다.

일 분 전부터, 사실 그가 자신이 누구인지 밝힌 이후부터 나의 시선은 초점이 흐려졌고 말도 제대로 잇지 못했다.

"잘 알고 있잖아." 내가 겨우 대답했다.

그는 잠시 뜸을 들였다. 그러고는 나를 돌아보며 미소를 지을 듯 말 듯한 표정으로 이렇게 말했다.

"너도 마찬가지야."

그리고 그는 배고프냐고 물었고, 나는 아니라고 대답했다. 그러자 그는 나와 함께 있고 싶은 자신의 의심할 수 없는 욕구를 억누르도록 요구하는 행동 법칙, 즉 신중함에 대해 설명하기 시작했다. 우리 집단에서 타인에게 다가가는 것은 금기다. 바보 취급을 당하지 않으려면 순수한 마음을 감추고 이기적인 구실을 찾아내거나 음흉한 의도로 덮어버려야 한다. 따라서 그는 단지 함께 저녁식사할 누군가를 찾고 있었을 뿐이며, 더 나아가 섹스하고 싶다는 생각을 하고 있던 차에 마침 내가 나타났고 그래서 나와 섹스하고 싶은 것뿐이라고 얘기해야 한다고 했다. 그렇지 않고 나에게 호감이 가고 자꾸만 끌린다고 고백하거나, 베이비 디오르 매장 앞에서 만났던 그 짧은 순간을 밤낮으로 생각하며 지낸 게 벌써 두 달째라고 말해버리거나, 일요일 자정에 어두운 길에서 우연히 나를 만나 납치할 수 있었던 것은 하늘의 도움이라고 고백하는 건 어리석은 짓이라는 것이다. 하지만 그는 이 모든 게 사실이라고 했다. 자신이 한 말을 조금도 믿지 않겠지만 어쨌든 선택은 나에게 달렸다고 했다. 그래서 나는 그를 뚫어지게 쳐다보며 배고파 죽을 지경이라고 대답했다.

그는 피에르 드 세르비아 1세 대로로 들어선 뒤 문양이 조각된 육중한 나무 문 앞에 차를 세웠다. 키가 큰 문지기가 언짢은 표정으로 얼굴을 내밀었다. 그는 키가 너무 커서 몸짓이 어딘가 어설퍼 보였다. 앙드레아는 단골손님인 것 같았다. 앙드레아를 보자 그 덩치가 살짝 미소를 지었기 때문이다.

그는 우리를 들여보내주었다. 그곳은 빈민굴, 혹은 누추한 선술집 같았다. 내부 홀은 좁았고 천장은 낮았다. 마피아 똘마니처럼 보이는 사내들이 늙은 창녀들을 옆에 끼고 여기저기 흩어져 있었다. 널빤지로 된 벽과 슬라브 식 가구를 보니 마치 이즈바*

에 있는 것 같은 막연한 느낌이 들었다. 밖으로 나가면 우랄산맥 숲 속으로 이어지고 늑대 무리와 시베리아 탄광에서 도망친 두 명의 탈옥수를 만날 것만 같았다. 우리는 자리를 잡고 앉았다. 나는 주변을 둘러보며 사람들을 살폈다. 그들은 모두 소외 계층이었다. 남자들의 얼굴은 씁쓸하게 비죽대는 표정으로 굳어 있었다. 볼이 처진 뚱보 한 명과 축 처진 가슴에 염색이 잘못돼 금발이 얼룩덜룩한 창녀 두 명이 얼빠진 표정으로 나를 쳐다보았다. 고생한 흔적이 역력한 늙은 여자의 얼굴은 한마디로 망가져 있었다. 다른 여자는 아주 젊었다…… 어머니와 딸일까? 아니면 뚜쟁이와 그녀의 희생자?

음악은 음산했다. 주방 앞에는 나이를 알 수 없는 부랑자 둘이 얼룩진 외국 지폐 뭉치를 두고 서로 싸우며 유고슬라비아어로 욕을 해댔다. 삼류 극장의 영화 같았다. 나는 카르파초**와 담배를 주문했고 그는 보드카 한 병을 시켰다. 여기 분위기에 맞추려는 것일까? 그가 배가 고파서 나랑 같이 저녁을 먹으려고 한 줄 알았는데. 왜 나를 이곳으로 데려왔는지 이해되지 않았다. 이곳에서는 퇴폐적인 냄새가 났다. 난 카르파초에 거의 손도 대지 않

---

* 전나무로 만든 북러시아 농촌의 통나무집.
** 야채, 육류, 생선 등을 올리브유나 소금으로 산해 식재료 그대로의 맛을 살린 요리.

앉다. 예의에 어긋나는 일이었지만.

음악이 멈추었다. 이제 또 무슨 일이 벌어질 것인가? 씨름 한 판, 아니면 난교 파티? 나는 접시에 박고 있던 얼굴을 들었다. 홀 중앙에서 열두 줄 기타를 멘 끔찍하게 생긴 이탈리아 남자가 젊은 창녀에게 손을 내밀었다. 그녀는 얼굴을 붉히더니 자리에서 일어나 청을 받아들였다. 남자가 연습 삼아 짧은 화음을 치자 어디선가 바이올리니스트가 나타나 그에 응답을 했고, 또다른 바이올리니스트도 나타났다…… 이어 창녀의 목소리가 들렸다. 내가 아는 노래, 아름다운 러시아 노래였다. 창녀와 이탈리아 남자의 목소리가 서로 섞이며 완벽한 화음을 이루었고, 노래는 마치 영원히 끝나지 않을 것처럼 울려 퍼졌다. 갑자기 그 장소가 완전히 다르게 느껴졌다. 앙드레아는 나에게 술을 한 잔 따라주었다. 내가 잔을 비우자 다시 따라주었다. 나는 낙오자 듀오가 보여주는 예상치 못한 아름다움에 푹 빠져들었다. 거기 있는 모든 것이, 벌레 먹어 구멍 난 의자까지 새로운 의미로 다가왔다.

노래가 끝났다. 반짝이는 내 시선과 이탈리아 남자의 시선이 마주쳤다. 그가 다가왔다.

"한 곡 부르시겠어요, 아가씨?"

나는 사양했지만 그는 고집을 꺾지 않았다. 다른 뮤지션들도 한몫 거들기 시작했다. 앙드레아도 끼어들었고, 나중에는 모두가 부추겼다. 궁지에 몰린 나는 말도 안 되는 꿈이라도 꾸는 것처럼 자리에서 일어나 마이크 앞으로 나갔다. 남자가 내게 프랑스 여자냐고 묻고는 노래 몇 개를 제안했다. 내가 아는 유일한 노래는 레오 페레의 곡이었다.

낡은 조명등의 흔들리는 빛이 내 위로 쏟아졌다. 실내 전체에 침묵이 흘렀다. 모든 시선이 나에게로 쏠렸다. 맨살이 드러난 어깨가 움츠러들고 떨렸다. 노래 가사는 촌스럽게 과장된 느낌이었지만 내 젊음의 취기와 잘 어울렸다. 나는 프라다 부츠 때문에 약간 비틀거렸지만, 곧 양쪽 다리를 번갈아 흔들며 여유 있게 시작했다.

"시간이 흐르면…… 시간이 흐르면 모두 사라지리……"*

나는 번민하는 표정을 지었고 목소리는 신파조로 변했다.

"시간이 흐르면……"

나는 앙드레아를 쳐다보았다.

"모두 사라지리……"

나에게 고정된 그의 시선이 날 뒤흔들었다.

이곳에는 사회에서 낙오한 탐미주의자들이 득실거렸고, 신비

---

* 레오 페레의 샹송 〈시간이 흐르면〉.

로운 분위기가 감돌았다. 나는 그 분위기의 열쇠를 성공적으로 낚아챈 것 같았다.

"시간이 흐르면…… 더이상 사랑하지 않게 되리."

끝났다. 사람들의 박수갈채가 쏟아졌고 나는 웃으며 인사를 했다. 하지만 이 미소는 조소였다. 바로 나 자신에게 보내는 조소.

나는 다시 앙드레아 옆에 앉았다. 그가 나에게 보드카를 한 잔 따라주었다. 옆 테이블 여기저기서 나에게 찬사를 보냈다. 거기 있는 사람들은 길에서 만난다면 눈길조차 주지 않을 사람들이었다. 나는 감사를 표하며 계속 미소를 지었다.

그리고 마이크 앞에선 다음 사람이 노래를 부르기 시작했다. 나는 앙드레아와 얘기를 나누었다. 빅토리아가 들려주었던 그 끔찍한 이야기들, 즉 그가 저질렀다는 그 끔찍한 짓들은 내 옆에 앉아 있는 사람과는 거리가 먼 이야기들 같았다.

우리는 좋아하는 뉴욕의 레스토랑들과 장식에 대해 이야기했다. 그는 파리를 사랑하며, 런던이나 뉴욕에서도 살아봤지만 파리가 아닌 다른 곳에서는 살 수 없을 것 같다고 했다. 오로지 파리만을 사랑한다는 것이었다. 오래된 건물 벽에서 새어나와 파리 거리를 배회하는 빛바랜 과거 때문에, 축축한 인도 위로 내리는 가로등 불빛 때문에, 그리고 카페 유리창 뒤편의 슬픈 얼굴들 때문에.

그래서 현재 그의 자동차 등록 번호가 파리 번호라는 것이다. 그는 지방이나 멍청이들이 사는 파리 외곽 지역은 죽어 있고 오로지 파리가 최고이며, 또 우리만이 파리를 누릴 자격이 있다고 말했다.

나는 그의 말을 끊고, 왜 그렇게 여자애들한테 못되게 구는지, 혹시 동성애자나 성 불능자인지, 아니면 엄마와 무슨 문제가 있는지 물었다.

그러자 그는 웃으며 날더러 고약한 창녀라고 했다. 내가 그 말을 칭찬으로 들어도 되겠냐고 물었더니 그러라고 했다. 그리고 그도 스스로를 바보로 여기며, 그 바보의 자격으로 나에게 그렇게 말하는 것이라고 했다. 그가 말하는 바보는 이 창녀, 어쨌든 현재의 내 모습, 또는 내가 맡고 있는 역의 남성 분신이라는 것이었다.

그러면 바보를 어떻게 정의할 수 있느냐고 물었더니, 그는 바보는 사람들을 괴롭힐 온갖 방법을 궁리하는 자라고 대답했다. 그의 관심은 말하자면 이 세상을 어떻게 살아갈 것인가 하는 처세술이다. 그는 설명하기 시작했다. 즉 이 넓은 세상은 구십구 퍼센트의 저능아, 은밀한 자만과 이기심으로 가득 찬, 자신을 중요한 사람으로 여기는 저능아로 구성되어 있다. 그는 이런 저능아들을 불쾌하게 하고, 그들에게 장난치고 골탕 먹이는 걸 즐긴다. 나는 이를 위해 특별히 사용하는 방법이 있는지 물었다. 그는 자신을 중요한 존재라고 여기지 않는 것, 그것만으로도 충분하다고 했다. 어떤 시련도 이겨낼 수 있게 하는 '아무래도 상관없어'라는 무관심주의를 표방하고 돈이나 사회적 지위, 정치적 올바름과 같은 가치들을 조롱하는 것이다. 그리고 금기로 여기는 주제들을 파헤치고 우리가 숨기고 있는 모든 것, 남들이 숨기고 있는 모든 것을 까발리고 어떤 것도 창피해하지 않으면 된다고 했다.

"난 멍청한 여자애들을 괴롭히는 게 좋아. 자신들이 예쁘다고 생각하고 모든 게 자기가 잘난 덕분이라고 믿는 한심한 계집애들 말이야. 나는 그저 세상이 그들 중심으로 돌아가지 않는다는 걸 깨닫게 도와주는 것뿐이야."

나는 그의 매력에 압도되었다. 마치 내가 하는 말을 듣고 있는 느낌이었다. 한 번도 누군가에게서 이런 동질감을 느껴본 적이 없었다. 우리 옆의 자리들이 하나둘씩 비워졌다. 이제 아무도 노래하지 않았다. 언제 나갈지 고민하고 있는데 앙드레아가 내 쪽으로 몸을 기울였다. 순간 나에게는 단 하나의 욕구밖에 없었다. 이 분위기에 나를 맡기고 빠져드는 것…… 난 몸을 뒤로 뺐다. 본능, 모든 사람을 약 올리고 불쾌하게 하던 나의 본능이 다시 고개를 쳐들었다. 나는 몸을 슬쩍 빼고 일어나 백을 움켜쥐었다.

"가봐야 할 것 같아. 저녁 고마웠어."

그는 당황하지 않았다. 오히려 미소를 띠며 말했다.

"고맙긴, 그럼 또 보자."

나는 칼라바도스에서 나와 담배를 길게 한 모금 빤 뒤 옅은 구름 같은 회색빛 연기를 내뿜었다…… 그리고 택시를 잡기 위해 조르주 5세 대로를 향해 걸었다. 난 주차된 그의 차 앞에 잠시 멈췄다…… 차 번호 750NLY75를 보자 웃음이 났다. 나는 길에서 춤을 추듯 펄쩍펄쩍 뛰어올랐다. 춥지 않았다. 내 심장은 시속 이백 킬로미터로 뛰기 시작했다. 나에게 처음 있는 일이었다.

6

제 나이보다 일찍 세상에 환멸을 느낀 나는 인위적인 감정들에 대해 역겨움을 느꼈다.

사람들이 사랑이라고 부르는 것은 변태와 창녀의 결합을 증명하는 알리바이일 뿐이고, 피할 수 없는 고독의 끔찍스런 모습을 가리는 분홍빛 베일에 불과하다.

나는 냉소주의로 무장했고, 나의 마음은 거세되었다. 나는 끔찍한 종속 관계, 보편적인 속임수의 조롱을 멀리한다. 에로스는 화살통에 낫 달린 창을 감추고 있다.

사랑이란 성교 후의 우울을 떨쳐버리고 간음을 정당화하고 오르가슴을 강화하기 위해 찾아낸 것이다. 즉 사랑은 진선미의 정수이고, 당신의 더러운 얼굴을 다시 정화하고, 당신의 비루한 삶을 승화시킨다.

난 그것을 거부한다.

나는 세속적 쾌락주의를 실천하고 장려한다. 쾌락주의는 날 너그럽게 봐준다. 또 내가 모든 괴상망측한 도취에 빠지지 않게 해준다. 예를 들면 첫번째 입맞춤이라든가, 첫번째 전화 통화 같은 것이 주는 도취. 이 괴상망측한 도취는 셀 수 없어 많다. 별것 아닌 음성 메시지를 열두 번 반복해서 듣기, 커피나 술 한잔 마시기, 어린 시절의 기억 나누기, 친구 사귀기, 코트다쥐르에서 바캉스 보내기, 어느 날의 저녁식사. 선호하는 작가, 삶의 아픔, 매일 저녁 외출하는 이유, 첫날밤, 그 뒤 이어지는 많은 밤들. 그리고 이제 더이상 서로 할 말이 없다, 빈 침묵을 채우기 위한 섹스, 나중엔 섹스하고 싶은 욕구마저 없다. 이미 마음이 멀어졌지만 그럼에도 함께 있기, 서로 욕하고 싸우고, 저 깊은 곳이 죽었다는 걸 알면서도 화해하기, 다른 곳으로 섹스하러 가기, 그리고 더이상 아무것도 없다.

그리고 아파하기……

7

 여전히 일어나기가 힘들다. 나는 십 분 동안, 매일 반복되는 올나이트를 저주한다. 넘치던 술잔과 피우고 싶지 않은데도 물고 있던 담배, 아무 쓸데 없는 코카인 가루를 저주한다. 그리고 이제부터는 밤에 외출하지 않고 술도 끊고 담배도 끊고 일찍 자고 오로지 초밥이랑 신선한 과일만 먹기로 결심한다.

 나는 담배에 불을 붙이고 오디오를 켰다. 눈은 아직도 감긴 상태다. 그런데 별안간 아주 끔찍한 약속이 머릿속에 떠올랐다.

 오늘, 지금부터 한 시간 뒤에 부모님과 점심을 먹기로 되어 있다. 왜 하필 나이고, 왜 하필 오늘일까? 욕실까지 기어가서라도 빨리 샤워를 해야 한다. 샤워한다고 두통이 가라앉을 리는 절대로 없다. 물을 마시고 두통약을 세 알이나 삼켰다. 정신을 좀 차리기 위해 밥 싱클레어의 CD를 틀었다(효과는 없다). 이제 나는 남들 앞에 나설 수 있을 정도는 되도록 최선을 다해야 한다. 어찌 되었든 돈줄을 쥔 사람들과 점심식사를 하는 것이고, 또 2000년 9월부터 2001년 8월까지 한 해 더 쉬겠다고 그들에게 알릴 작정이니까.

머리를 말린 뒤 소위 밤새 파티를 한 다음 날을 위한 것이라는 니켈 제품을 바르고, 테라코타 블러셔로 화장을 해보지만 소용없다. 창문 앞에서 옷장 거울을 들여다보며 면밀히 검토한 뒤, 나는 어쩔 수 없이 점심 먹는 동안 검은 선글라스를 끼고 있기로 결론을 내렸다.

제기랄, 오늘 스케줄은 매우 빡빡하다. 먼저 카리타 피부미용실에 예약이 되어 있다. 잔털을 제거하고, 얼굴 피부 관리를 받고, 매니큐어를 칠하기 위해서다. 또 선탠도 할 예정이고, 시빌이 코카인을 사러 가는 데 따라가주겠다고 약속도 했다. 그녀가 불법 마약 거래를 하는 딜러를 혼자 만나러 가는 게 무섭다고 했기 때문이다. 난 먼저 카리타에 전화를 걸어 다 죽어가는 목소리로 예약을 취소했다. 시빌 건은 내일로 미뤄야 할 것 같았다.

선탠은 상황을 봐서 할 참이다. 기운이 남으면.

나는 빛바랜 클로에 청바지에 흰색 폴카 스웨터를 걸치고 은빛 나이키 운동화를 신은 뒤 구찌 선글라스를 챙겼다. 그리고 루이뷔통 모노그램에 알약과 선글라스 케이스, 화장품, 수첩을 넣고 밖으로 뛰어나갔다. 벌써 약속 시간에 사십오 분이나 늦었다.

택시를 잡아타고 뮈라 호텔까지 번개처럼 달려갔다. 부모님은 벌써 도착해서 아마 초조하게 나를 기다리고 있을 것이다.

"우리도 방금 도착했어…… 약속 시간이 오후 한시니까 두시 십오 분 전에 도착해서 십 분 정도 기다리면 될 거라고 생각했다."

나는 거의 쓰러지듯 자리에 앉았다. 그런 지적에 울컥해 자리를 박차고 나갈 상황이 아니었다. 내 머리는 몽테뉴 대로와 칼라바도스 사이를 표류하고 있었다. 나는 유리문 너머로 지나가는 모든 검은 포르셰의 번호판을 하나하나 살폈다……

"이번 학기는 좀 진지하게 시작하길 바란다. 벌써 육 개월째 놀고 있잖니. 세 달이나 초과했다고. 그러는 사이 네 미래가 결정된다는 사실을 잊지 마라. 그리고 내가 말할 때는 그 선글라스 좀 벗을 수 없니?"

나는 고개를 저었다.

우리는 곧 음식을 주문했고 나는 담배를 시켰다. 뭔가를 먹는다는 생각만 해도 토할 것 같았지만, 아무것도 먹지 않으면 엄마는 거식증이라 생각하며 과잉 반응할 것이다.

나는 코코넛과 레몬으로 맛을 낸 태국식 새우 수프를 주문한 뒤 아버지에게 올해는 정말 아무것도 안 할 생각이라고 말했다. 대학 입시를 준비하는 동안 나는 너무 지쳐 녹초가 되었다. 어느 학교를 가든 나는 출석 불량으로 학교에서 쫓겨날 게 틀림없다. 게다가 대학에 가서 뭘 한단 말인가. 대학 환경은 너무 낙후된 데다 멍청이들만 득실거린다. 학교 제도는 나에게 맞지 않는다. 사실 어떤 제도도 맞지 않는다. 정말 뭔가를 해야겠다는 의욕을 갖기 위해서는 아무것도 하지 않고 허송세월하는 것이 어떤 것인지 경험을 통해 배울 필요가 있다. 이것이 장기적인 안목으로 볼 때 더 이롭다는 걸 확인하게 될 것이다. 그리고 어떤 것도, 그 무엇도 내 생각을 바꿀 수는 없다.

아버지는 대경실색하며 반대한다. 반대하라지 뭐.

나는 음식에 손도 대지 않았다. 그리고 그것이 엄마의 눈에 띄고 말았다. 내가 두려워하던 일이 일어났다. 엄마는 즉시 실황 중계로 돌입한다.

"왜 아무것도 안 먹니, 어디 아픈 거 아니니? 계속 훌쩍대고. 감기 걸린 거야? 병원에 가봐야겠다. 내가 예약 잡아줄까? 네가 지금 어떻게 살고 있는지 한번 좀 생각해봐. 너에게 필요한 건 약이 아니야. 이래서 밤에 돌아다니지 말라는 거야. 눈 밑에 생긴 그 칙칙한 다크서클 좀 봐라. 그리고 왜 이렇게 비쩍 말랐니? 아직도 마약 후유증으로 몸이 안 좋은 거니? 또 거식증인 거야,

아니겠지?"

"아니야, 마약 때문이야."

"지금 장난하니?"

나는 네번째 담배에 불을 붙이고 물을 벌컥벌컥 마셨다. 목이 아프다.

그제야 나는 우리가 사인용 테이블에 앉아 있다는 걸 알았다. 내 옆에 놓인 이 빈 의자는 누굴 위한 걸까?

나는 최악의 상황을 그려보며 두려워한다. 그런데 아니나 다를까, 그 최악의 상황이 벌어지고 말았다. 카트린이 레스토랑으로 들어오며 버버리 코트를 벗어 여종업원에게 내밀었다. 카트린은 엄마의 가장 친한 친구다. 내가 그녀에게 품고 있는 증오와 엄마가 그녀에게 갖고 있는 근거 없는 애정은 대충 비례할 것이다. 그녀는 행동파 스타일의 유행은 1980년대 이후 끝났다는 사실을 깨닫지 못했던 복고풍의 아만다 우드워드이며, 결혼생활에 실패해 이혼했고 자녀는 없다. 그래서 나에게 모든 걸 집요하게 투사한다. 나는 십팔 년 전부터 그녀를 참고 견디며 살아왔다. 바캉스 기간에는 매일 저녁 그녀와 함께 식사를 한다. 그녀는 내 모든 생일파티를 망쳤고, 그녀 때문에 지방 흡입 수술도 할 수 없었다. 나는 그녀를 증오한다!

그녀는 자리에 앉자마자 나에게 말을 걸었다. 정말 진절머리가 날 정도다. 나는 뭘 참으려 노력할 수 있는 상태가 아니었다…… 그래서 그녀의 비위를 거스르는 말을 했고, 그것이 풍파를 일으켰다. 분노를 참고 있던 부모님이 결국 폭발하고 만 것이다(그들은 너무 교육을 잘 받고 자랐기 때문에 평상시엔 절대로 이러지 않는다. 하지만 이 순간 내가 가장 기본적인 예의마저 저버렸기에 그들도 어쩔 수 없었다. 나는 이모나 다름없는 카트린에게 제발 짜증나게 하지 말라고 했던 것이다). 머리가 아프다. 나는 침묵으로 일관하며 참고 견디기로 했다. 그러나 도저히 참을 수 없는 지경에 이르러 결국 큰 소리로 화를 내고 말았다.

"그래요, 그럼. 내 생활비를 끊어요! 창녀질을 해서 필요한 걸 마련하면 되니까, 그러면 아주 속이 시원하실 거예요!"

이처럼 타락한 자식을 다른 테이블 사람들한테 보이는 게 죽을 만큼 창피했던 부모님은 결국 입을 다물어버렸고, 나는 담배에 불을 붙였다. 다시 조용해졌다.

유감스럽게도 이 짧은 폭발은 아무런 대가 없이 그냥 지나가지 않았다. 별명이 돌팔이 정신분석가인 카트린은 이 기회를 잡아 그녀의 재능을 발휘했다. 나에게 끊임없이 질문을 던지면서 단답형인 내 대답은 듣지도 않았고, 내 담배까지 허락 없이 피웠다. 나는 울분이 치밀어 오르는 게 느껴졌지만 간신히 참았다. 그녀가 지난 크리스마스 때 구찌 백을 선물해줬으니……

또 시작이다. 그녀는 내 남자관계를 공격했다. "너 〈프리티 우먼〉 기억하지. 사람들이 자신에게 보잘것없는 연인이라는 별명을 붙여줬다고 비비언이 말하던 장면 말이야." 게다가 그녀는 자신의 경우를 나에게 적용시킨다…… 그녀는 아빠에 대해 말한다…… 거의 경련이 일어날 지경이다. 담배가 필요하다. 피처럼 빨간 그녀의 손톱이 내 마지막 담배마저 가로챈다. 내 인내심은 끝내 폭발하고 만다……

 "있잖아요, 카트린 아줌마, 아줌마랑 아줌마 친구들이 프로이트를 읽은 이후부터 사고방식이 삐뚤어지고 눈초리가 사나워진 거 아세요? 무슨 쥐꼬리만 한 둥치 같은 물건만 봐도 남근을 상징한다고 하고, 스포츠카는 무조건 남근의 대체물이고, 인간 종자는 오로지 '그것만 생각한다'면서요. 그런데 말이에요, 그것만 생각하는 사람은 바로 프로이트, 그 변태 늙은이인 거 아세요? 남이 자신을 분석하게 놔두는 건 지키지 않아도 되는 마지막 의무지만, 남을 분석하는 일은 해서는 안 될, 상대에 대한 마지막 고문이에요.

 난 이제 아줌마가 단호한 어조로 나를 '잘못 자란 오이디푸스 콤플렉스'의 희생자라고 우기는 걸 들어주기도 지겨워요. 무엇보다도 나는 남자가 아니라 여자라고요. 그러니 나한테 뭔가 잘못된 게 있다면, 정신분석학의 우수한 수련생 여러분, 그리고 신사 숙녀 여러분, 그건 엘렉트라콤플렉스이지 오이디푸스콤플렉스가 아니랍니다. 아, 그리고 내가 아버지를 사랑해서, 그가 나의 아버지만 아니었다면 당장에 그의 몸을 타고 앉을 거라고요? 아줌마가 여기 온 김에 나한테 설교나 하자고 작심한 거라면 이런 충고를 해주세요. 아버지한테서 재규어 열쇠를 빼내 그걸 몰고 아버지를 치어 쓰러트린 뒤 그 위로 내달려 불알을 찌그러뜨리라고요. 그러고 나서 불알이 으깨질 때 나온 정액과 큰 자동차가 상징하는 남근의 힘으로 무장하고 가상으로 엄마를 강간한 다음 머저리 같은 안티고네를 낳으라고요. 그러면 존속살해범에 근친상간에 레즈비언이 된 나는 마침내 억압된 모든 환상을 표출하게 될 거고, 뿐만 아니라 내 여동생의 행복한 엄마가 되겠죠. 자, 어때요?"

바로 그 순간 내 핸드폰이 울리며 나를 구해준다. 발신자 번호가 표시되지 않아 누구냐고 묻는 어투로 "여보세요?" 라고 했지만, 사실은 누가 건지 이미 알고 있다.

"어디야?"

"뮈라 호텔. 부모님이랑. 점심식사 끝났어."

"그럼 오 분 안에 데리러 갈게."

나는 내 물건들을 집어들고 인사도 하지 않고 자리에서 일어났다.

밖은 추웠다. 나는 바람을 마주하고 서서 후려치는 바람에 뺨을 내밀었다. 기다린다는 게 그저 행복할 뿐이었다. 그가 차를 세웠고 나는 차에 올라탔다.

"뭐 하고 싶어?"

보통 나는 상상력이 부족하지 않은 편인데 떠오르는 게 없었다. 내가 던진 "뭐 하고 싶어?"라는 질문이 너무 초라하게 들렸다.

"뭐 하고 싶냐고? 그럼 내가 하고 싶은 건 뭐든지 말해도 돼?"

"물론 그건 아니지."

"그럴 줄 알았어. 할 수 없지 뭐. 섹스할 거 아니면 다른 할 수 있는 걸 찾아보자구. 그런데 벌써 점심을 먹었다니 아쉬운걸. 난 배고파 죽을 지경인데."

"사실 아무것도 안 먹었어."

"그럼 점심 먹으러 가자. 뭐 먹고 싶어?"

"이탈리아 요리."

그는 파리 외곽순환도로를 택했다. 그런데 포르트 마요에서 차를 돌리지 않고 그냥 지나쳤다. 뭐 하는 거지, 포르트 마요를 지나면 파리 안으로 들어가는 길이 없는데. 나는 그가 파리 8구에 있는 보카도르 레스토랑이나 루아얄 몽소에 있는 카르파초로 데려갈 거라 생각했다. 파리 시내로 들어가는 도로를 모두 지나, 우리는 파리에서 점점 멀어졌다. 앙드레아가 음악을 있는 대로 크게 틀어, 대화가 불가능할 정도였다. 우리는 시속 이백 킬로미터로 달렸다. 마치 우리가 위협적 존재라도 되는 듯 자동차들이 비켜 달아났다. 속도가 너무 빨라 몸이 좌우로 흔들렸다. 아무래도 좋았다. 그는 날 어디든 데려가줄 수 있을 테니까. 차가 고속도로로 접어들더니 부르제로 향했다. 순간 나는 모든 걸 이해했다.

우리는 제트기 팔콘 50을 타고 모나코로 출발했다. 니스에 도착하자 모나코에 사는 그의 삼촌의 운전기사가 마중 나와 있었고, 그는 우리를 레스토랑 람폴디로 데려다주었다. 우리는 거기서 시간 가는 줄 모르고 네 시간이나 앉아 아마레토를 마셨다. 날이 어두워지는 것도 깨닫지 못할 정도였다. 세상에는 우리 둘만 있는 듯했고, 난 완전히 홀린 상태였다.

자정이 다 되어서야 집으로 돌아왔다.

다음 날, 우리는 스위스의 생모리츠로 스키를 타러 갔다. 그리고 그다음 날 나는 하루 종일 그의 전화를 기다렸다. 그가 전화번호를 알려주지 않았기 때문에 밤까지 초조해하며 기다리는 수밖에 없었다. 밤 열시가 되어서야 그가 찾아왔고, 우리는 함께 도빌에 있는 카지노로 갔다. 거기서 우리는 오만 프랑을 잃었다. 목요일에는 밀라노로 가서 함께 쇼핑을 했다. 그리고 다시 코트다쥐르로 가 생트로페에 있는 그의 삼촌 요트에서 저녁식사를 했다. 날이 갈수록 우리는 서로 더 잘 통했다. 하지만 시간이 가도 내 고집은 꺾일 줄 몰랐다. 나는 그와 자는 것을 계속 거부하고 있었다…… 그런데도 그는 불안해하기보다는 오히려 편안해했고 여전히 자신감에 차 있었다. 뿐만 아니라 하루하루 새로운 이벤트나 아이디어가 끊이지 않았다. 그는 내 거절을 즐겼고 나는 그의 그런 태도에 짜증이 났다.

우리는 유럽의 모든 도시들을 휩쓸고 다니며 일주일을 보냈고, 그동안 가장 아름다운 도시 파리는 잊고 있었다. 토요일 저녁은 휴식이었다. 제트기도 없었고, 감동을 주기 위한 새로운 장소도 없었다. 우리는 평범하게 메종 블랑슈에서 저녁식사를 했다. 가자미 요리를 먹고 샤블리 백포도주를 잔뜩 마셨다. 그런 다음 몇 시간 동안 차를 몰고 파리 시내를 돌아다녔다. 파리 8구에서 5구 팡테옹으로, 11구 페르 라셰즈를 거쳐 몽마르트르까지. 우리는 몽마르트르의 사크레 쾨르 성당 앞에 차를 세우고 내려 파리 시내를 감탄하며 내려다보았다.

루브르 박물관을 지나 돌아오는 길에 나는 조금씩 숨이 막혀 왔다. 문득 루브르 박물관 근처 카루젤 공원을 산책하고 싶어졌다. 우리는 응석받이로 자란 우리의 어린 시절에 대해 이야기를 나누었다. 나는 샤블리 백포도주의 취기가 머리끝까지 올라 정신이 혼미할 지경이었다. 보통 이쯤 되면 모든 것이 증오스러워진다. 나는 몸을 떨며 도로 쪽에 시선을 둔 채 비틀비틀 걸었다. 그리고 머릿속에 굴러다니는 생각들을 분명하게 말했다.

"우리는 바보처럼 살고 있어…… 먹고, 자고, 섹스하고, 나이트클럽이나 드나들고. 오늘도 내일도, 매일 똑같이 반복하면서…… 우리는 매일 무의식적으로 전날과 똑같은 하루를 살아. 오늘은 어제와는 다른 걸 먹어보고, 좀더 푹 자거나 반대로 잠을 설치거나, 다른 사람과 섹스하거나 다른 장소로 가보기도 하지만 다 목적도 없고, 흥미도 없고, 그게 그거야. 그래도 우린 계속 살아. 그리고 판에 박힌 목표도 있지. 권력. 돈. 자식. 이것들을 실현하기 위해 우린 안간힘을 써. 이 목표를 달성하지 못하면 죽을 때까지 욕구불만으로 살고, 목표에 이르면 그게 별거 아니라는 걸 깨닫지. 그리고 죽어. 원점으로 돌아가는 거야. 이런 생각을 하면 차라리 모든 걸 생략하고 지금 당장 원점으로 돌아가고 싶어져. 그러면 헛되이 노력하며 싸울 필요도 없고 운명의 수레바퀴를 부수고 함정에서 벗어날 수 있지 않을까? 그런데 겁이 나. 미지에 대한 두려움. 최악에 대한 두려움. 자신이 바라든 바라지 않든, 우리는 언제나 무언가를 기다리지. 그렇지 않다면 방아쇠를 당기거나 약을 먹거나 아니면 피가 뿜어나오도록 면도칼로 그어버릴 거야……

기분을 바꿔보려 파티를 열고 사랑을 찾고…… 누군가를 만나 사랑을 찾았다고 생각하다가 다시 제자리로 떨어지지. 저 높은 곳에서. 우리는 자기 목숨을 오롯이 자기 것이라 여기며 마음대로 통제할 수 있다고 생각해 목숨을 가지고 장난도 쳐. 그래서 겁도 없이 과속을 하다 가까스로 사고를 면하지. 또 과다 복용을 간신히 피할 정도로만 코카인을 흡입하기도 하고. 은행 상속자며 기업 사장, 사업가인 부모들은 이런 꼴을 보고 겁을 먹지. 그 정도로 그들은 기력이 쇠약해진 거야. 참 믿을 수 없는 일이야. 이런 자식들을 위해 뭐든 해보려 시도하는 부모도 있지만, 어떤 부모들은 처음부터 포기해버려. 자식이랑 아예 같이 살지도 않고 대화도 나누지 않는 부모도 있고. 그러면서 매달 수표에 꼬박꼬박 사인을 해주지. 그래서 우리는 부모님을 미워해. 그들은 아주 많이 주는 것 같지만 동시에 너무 적게 주거든. 정신이 나갈 정도로 많이 주는 것 같지만 정작 중요한 건 거의 주지 않아. 결국 중요한 게 뭔지 더이상 모르게 되는 거지. 한계가 없어져버리는 거야. 우린 허공을 떠다니는 자유전자나 마찬가지야. 뇌 대신 신용카드가 있고 코 대신 청소기가 있지. 그런데 심장을 대신하는 건 아무것도 없어. 학교 가서 수업 듣는 시간보다 나이트클럽에 있는 시간이 더 많고, 진정한 친구의 수보다는 소유한 집이 더 많아. 수첩에 이백여 개의 전화번호가 있어도 전화할 데는 없어. 우리는 부잣집 자식으로 자랐어. 그래서 원망할 권리가 없대. 왜냐하면 행복하기 위한 조건을 모두 갖춘 것처럼 보이거든. 우리는 운동장같이 넓은 아파트, 하늘처럼 높은 천장 아래서 코카인과 프로작을 넌더리나게 잔뜩 쑤셔넣으며 입가에 미소를 띠고 천천히 죽어갈 거야⋯⋯"

그는 아무 말 없이 외투를 벗어 내 어깨에 덮어주고 나를 감싸안았다. 그리고 내 이마에 입맞춤을 했다.

한 줄기 눈물이 뺨을 타고 흘러내렸다. 이어서 다른 쪽 눈에서도 눈물이 흘렀다. 나는 더이상 눈물을 참을 수 없었다. 너무나 많은 모순된 감정이 내 안에서 들끓었고 나는 아무것도 할 수가 없었다. 너무 어린 나이에 너무 많은 일을 겪었고, 너무 외로웠다. 나는 누군가의 보살핌을 받을 자격이 없는 사람이다. 모르겠다. 나는 아무도 필요 없다.

우리는 사랑을 찾고, 사랑을 찾았다고 생각한다. 그리고 다시 추락한다. 저 높은 곳에서. 절대 오르려 하지 않는 것보다 올라갔다가 추락하는 게 나을까? 너는 네 인생을 고난의 시간으로 만든다. 원망하는 얼굴들, 고독, 더러운 손들, 우는 아이, 밤, 그리고 허무⋯⋯ 허무는 관점의 문제다⋯⋯ 두 팔이 나를 감싸안으며 슬픔을 지워준다. 내 머리를 쓰다듬는 다정한 손길. 뜨거운 눈물이 흐르는 내 눈가에도, 눈물로 젖은 뺨 위에도, 갈망하는 입술 위에도 애무의 손길이 닿는다. 나는 이세 내가 왜 우는

지 모른다. 더이상 울지 않는다. 정말? 눈물은 계속 흐른다. 하지만 그건 단지 내가 눈물을 멎게 할 수 없기 때문이다. 이젠 기분이 좋다. 저 심연에서 희망이 다시 태어난다. 환상을 품고.

  어쩌면 이것은 기쁨의 눈물일지도 모른다

  모르겠다.

8

 행복에 대해 무슨 할 말이 있을까? 없다. 행복은 세상을 골탕 먹인다. 어떤 이들의 행복은 다른 이들에게 불행이 된다. 천한 당신들은 질투할 것이다. 우리에게는 행복이 이토록 쉬운데 자기들에게는 왜 그렇지 않은가 하면서. 그래서 나는 당신들에게 내가 짓는 바보 같은 미소에 대해 말하지 않을 것이다. 어떤 미소에 대해, 특히 헤벌어진 바보 같은 미소에 대해 말할 수 없다!
 나는 연인들이 밤새워 주고받는 바보 같은 사랑의 속삭임도 당신들에게 얘기하지 않을 것이다. 또 내 볼에 흘러내려온 머리카락을 그가 얼마나 다정하게 귀 뒤로 넘겨주었는지도, 내 볼에 닿는 그의 볼이 얼마나 부드러운지도, 내 눈에 잠겨드는 그의 시선이 얼마나 그윽한지도 묘사하지 않을 것이다……

보라, 나는 벌써 이런 상투적 표현에 빠지고 말았다!

뺨과 뺨을 부비대고, 눈과 눈을 마주 보고, 손과 손을 마주잡고…… 사랑할 때 우리는 얼마나 바보가 되는가! 자기도 모르게 풀어져 달콤한 말을 지껄이고 쉽게 감상에 젖는다. 빈둥거리며 비생산적이 되고, 이기적이 되고, 장님에 귀머거리까지 된다! 나는 행복한 자폐증 환자 같은 얼굴로 파리 거리를 거닌다. 스쳐가는 사람들에겐 아무런 관심도 없다. 아니, 이제 내 주변에는 아무도 존재하지 않는 것 같다. 지나가는 행인들에게 시선조차 주지 않는다. 오로지 앙드레아만 있고 그의 의견만이 중요하다. 그의 얼굴은 내 얼굴의 판박이, 그의 표정은 내 표정에 정확히 응답한다. 얼굴 가득 환한 미소와 행복한 표정. 그가 한마디라도 비평을 한다면 그것이 무엇이든 참으로 놀라울 것이다.

육 개월간의 행복. 둘이 함께한 시간. 그 시간을 생각하면 뒤죽박죽 혼란스런 기억들과 함께 뱃속이 텅 빈 느낌이 든다. 서로 뒤엉키던 우리의 웃음과 다리, 그리고 담배 연기…… 뒤섞여 퍼지던 돌체 앤 가바나와 샤넬 알뤼르의 향…… 우수에 찬 피아노 선율…… 겨울 그리고 봄…… 그의 살갗을 꽉 움켜쥐던 내 손…… 나를 미치게 하던 그의 목소리…… 그의 품에 안겨 잠들 때면 방 안을 채우던 빛나는 어둠…… 우리 안에서 끓어오르던 뜨거운 기운과 열띤 토론, 그리고 지칠 줄 모르고 이어지던 사랑의 포옹…… 채워지는 즉시 다시 태어나던 욕망…… 이 시시한 세계는 완전히 망각한 채…… 오로지 그와…… 오로지 나만이 존재한다…… 우리의 팔다리가 서로 엉켜들고…… 화음 맞춰 터지던 우리의 웃음소리…… 서로 뒤엉켜 힘겨루기 장난을 하다 베개 속이 터지고, 하얀 깃털이 바닥을 구르는 우리 위로 쏟아진다…… 나는 놀이에서 도망쳐 저만치 간다…… 그러다 기운이 빠져 다시 바닥에 눕는다…… 허공으로 벌거벗은 내 맨다리가 올라간다…… 포옹, 그리고 쾌락…… 이어서 그의 맑은 눈에 내 시선이 담기고…… 갈망하는 그의 입술에 내 목을 맡긴다…… 담배 하나에 불을 붙여 둘이 함께 피운다…… 나는 이제 더이상 아무것도 바라지 않는다…… 더이상 아무것도 두려워하지 않는다…… 육체와 육체…… 마음과 마음의 결합으로 다 채워지지 않은 욕구는 사랑의 말을 속삭이는 황홀한 음악으로 달랜다. 그 사랑의 말들은 우리를 위한 것이다…… 감미로운 피로에 열정적인 흥분이 잠시 가라앉는다…… 지친 우리는 서로에게 기대어 눕는다…… 침묵 속에서…… 오로지 함께 있다는 것에 기뻐 어쩔 줄 몰라하며……

그는 베개 위에 흩어진 내 긴 머리를 무심히 매만지며 장난치고…… 내 손가락은 그의 허리 굴곡을 따라 내려가며 노닌다…… 누워 있는 그의 몸 안의 고요한 힘이 내 손 끝에 느껴지기만 해도 내 몸과 영혼은 뜨겁게 타오른다…… 그의 품에 안겨 있을 때면 아무것도 두렵지 않다…… 아무것도…… 내 숨소리는 그의 심장박동 소리로 이어져 메아리치고 내 몸은 그의 몸을 그대로 반사한다. 그의 다리가 영원히 변치 않을 사슬처럼 내 몸을 휘감는다…… 나는 그의 잠든 모습을 바라본다. 면도하지 않은 거친 뺨 위로 드리운 긴 속눈썹의 그림자와 어린아이 같은 얼굴, 힘이 빠진 손…… 내 안에 뜨거운 열정이 주체할 수 없이 폭발한다……

예전에 나는 사랑을 멀리했을 뿐만 아니라 열을 내며 통렬히 비난하기까지 했다. 그때는 앙드레아와 같은 존재를 만나리라고는 생각도 못했다. 우리는 두 몸을 가진 한 영혼이다. 그래서 두 몸이 하나로 결합할 때 우리는 오로지 한 존재로만 존재한다. 이 육 개월 동안 나는 밤에 외출하지 않았다. 술도 마시지 않았고 마약도 하지 않았다. 그런데도 아무런 결핍을 느끼지 못했다. 나는 그의 살을 탐하며 만족을 얻었고 나의 방탕한 욕구는 그의 타오르는 눈길에 사그라들었다.

우리는 사랑과 에비앙 생수와 말보로 라이트로만 살았다.

그것이면 충분하다고 생각했다.

하지만 그것으론 충분하지 않았다.

우리는 서로에게 유일한 구원의 뗏목, 또는 심연으로 떨어지는 것을 막아주는 보호막이었다.

나는 그와 나의 생각과 비슷하다는 사실을 금방 알아챘다. 만일 그가 내 신념을 꺾으려 시도한 적이 있었다면, 오로지 자신이 겪는 고통과 비슷한 삶의 불쾌감을 없애고 그 해로운 영향에서 벗어나게 하려는 이유에서였을 것이다. 선의의 거짓말…… 누가 그걸 거짓이라고 생각하겠는가? 우리는 서로에게 공동의 고통을 없애주는 존재가 되었다. 그리고 너무나 깊이 난 상처 때문에 영원히 아파할 수밖에 없는 운명임에도 나는 이따금 행복에 겨워하는 나 자신을 문득 깨닫곤 했다. 헤어날 수 없을 것처럼 보이던 우리의 절망은 차츰 사라져갔다…… 육 개월이 끝나갈 무렵 우리는 거의 '평범한' 존재가 되었다. 만일 이게 사실이었다면……

육 개월간의 행복? 아니다. 육 개월간의 유예 시간이었다……

언제부턴가 날카로운 신음 소리가 내 안에서 다시 새어나오기 시작했다. 그리고 잠시 경계를 늦추자마자 그 소리는 으르렁거림으로, 울부짖음으로 변했다. 이전처럼.

우리는 그저 저녁을 먹을 때만 외출했다. 다른 커플들은 거의 가지 않는 곳으로. 그곳은 다른 커플이 가식적으로 연출하는 행복한 모습을 보고 부러워하며 애인과 티격태격 싸우면서 가식적인 연출의 희생물이 되거나 남의 웃음거리가 되곤 하는 한심한 곳이기 때문이다. 금발의 창녀들이 자신을 전시하고, 사각거리는 값비싼 드레스 자락 속에선 다리들이 바삐 움직인다. 식기와 유리잔이 부딪히며 내는 금속성 소음 속에서 아귀아귀 먹어대며 서로를 관찰한다. 실내 배경음악은 저 혼자 실속 없이 울려대고 꾀꼬리처럼 맑은 목소리로 험담하는 소리가 공기를 박박 찢어댄다.

생토노레 거리 239번지, 코스트 호텔. 저녁식사를 할 마땅한 곳을 찾지 못했을 때 마지막에 늘 가곤 하는 장소 가운데 하나이다. 우리 그저 닫힌 공간을 벗어나고 싶었고, 기분 전환이 필요했다. 하지만 이 타락한 곳으로는 들어가지 말았어야 했던 것 같다. 우리는 둘 다 이런 곳을 너무 자주 드나들었기 때문이다.
여자애들이 줄줄이 우리 테이블로 와서 그동안 그가 보이지 않아 몹시 섭섭했다며 호들갑 떠는 모습을 보고 내 얼굴은 서서히 일그러졌다. 생티아와 이졸드, 타티아나는 눈썹을 치켜올리고 한쪽 눈은 앞머리로 거의 가리다시피 한 채 비웃는 듯한 미소를 짓고는 뱀가죽 스키니를 입은 엉덩이를 흔들며 펜디 백을 메고 지나가버렸다. 마치 몸의 균형이 백에 달려 있는 것 같았다. 나는 앙드레아에게 그렇게 많은 사교계 여자와 친한 관계라니, 정말 축하한다고 말했다. 그는 그녀들과 섹스한 적 없다며 퉁명스럽게 대꾸했지만, 이 말에 난 조금도 웃지 않았다.

나는 술을 한 잔 따랐다.

눈을 돌려 주변을 한번 둘러보았다. 얼핏 보기엔 모두 다 와 있는 것 같았다. B는 코린 콥슨 티셔츠를 입고 진짜 창녀와 함께 앉아 있었다. 미치광이 벤지와 쥘리앵, 크리스가 함께 도착했다. 그들 역시 창녀들을 동반하고 왔다. 그들은 B와 합석했다.

내 바로 맞은편 테라스 저쪽에서 비토리오가 시빌의 포도주 잔에 에비앙 생수를 따르고 있었다. 시빌은 고집스럽게 날 못 본 척했다. 그래서 나는 언젠가 그녀가 나와 함께 가서 샀던 발렌티노 원피스를 입은 그녀의 파인 등만 볼 수밖에 없었다. 무슨 사업인지는 모르겠지만 분명 비토리오의 사업 자금을 대주려 엄마한테 받은 유산에 손을 댔을 것이다. 카상드르는 내가 앙드레아의 차에 올라탔던 그날 이후로 더이상 나에게 말을 걸지 않는다. 이유는 내가 '정서불안'이기 때문이란다. 그래서 그녀도 시빌과 같은 반응을 나에게 보였다.

그때 카상드르가 날 알아보고 구찌 선글라스를 눈 밑으로 내리더니 무섭게 째려보았다.

아직 밤 열한시밖에 안 됐는데 그들은 모두 흐리멍덩한 얼굴을 하고 있었다. 테라스와 화장실 사이를 부리나케 오가는 그들의 죽음의 무도를 보고 있자니 예전에 나에게 활기를 불어넣어

주던 그것이 생각났다.

나는 술을 또 한 잔 따랐다.

지난 몇 달간 얼굴에서 반짝이던 환한 빛이 사그라들었다.

나는 필요 이상으로 마셨다. 거울에 비친 내 모습은 서서히 해체되고 있는 듯했다. 마치 산을 뿌려 훼손된 그림처럼. 머리카락은 고불거리고 두 눈은 병적인 흥분으로 번득거리고 두 볼은 발그레 달아올랐다. 손은 떨렸고, 순진한 내 머릿속으로 끔찍한 생각들이 밀려들었다. 과거의 사악한 정령이 서서히 다시 나를 점유해 들어왔다.

나는 다시 잔에 술을 따랐다.

이 와중에도 우리는 대화를 나눴다. 하지만 우리의 대화는 가식적이었다. 이제 하나의 추억일 뿐인 완벽한 커플의 모습을 필사적으로 흉내 내는 것에 불과했다. 우리는 남들에 대해 이야기했다. 다행히도 남들이 있었다…… 앙드레아는 식사를 시작할 즈음 그에게 와서 인사했던 흑인이 한 아프리카 국가 원수의 아들이라고 말했다. 그 흑인은 글자 그대로 금제 롤렉스 시계를 차고 있었는데, 그와 함께 로슈에 갔을 때 그는 밤새도록 울었다고 한다. 그의 룸메이트였던 이웃 아프리카 국가 원수의 아들이 금제에 다이아몬드까지 박힌 롤렉스를 차고 있었기 때문이다. 비토리오는 감옥에 들어갔던 적이 있고, 그의 아버지는 꽃집을 한다고 한다. 쥘리앵은 문란한 생활 때문에 브리스 호텔에서 쫓겨났다. 크리스로 말하자면, 이 년 전에 나이트클럽 쾨르 삼바 앞에서 마약에 잔뜩 취해 한 남자를 두들겨 팼다. 그래서 그의 아버지가 적당히 손을 써 수습했다고 한다. 또 나랑 가장 친했던 친구 카상드르의 아버지는 무기 밀매를 한다. 앙드레아의 아버지가 카상드르의 아버지는 곧 고발될 거라고 말했단다. 나는 그가 들려주는 이런 이야기에는 조금도 흥미가 없었다. 그래서 그의 말을 자르고 예전에 내가 벌인 무분별하고 한심했던 행동에 대해 얘기하며 그를 자극했다. 나는 고갯짓으로 내 방탕한 생활의 동반자였던 애들을 가리켰다⋯⋯ 쟤, 나하고 섹스했어. 그리고 쟤도, 쟤도⋯⋯ 오전 열시부터 벌어지던 난교 파티며 음울하고 퇴폐적이었던 애프터며 십 그램이나 흡입했던 코카인 등등에 대해 떠벌렸다. 하지만 다 부풀린 것이었다. 아니, 거의 지어낸 이야기였다. 하지만 그의 얼굴은 태연했다. 그는 술을 한 병 다 비우고 또 한 병을 주문했다. 커피가 나왔을 때 나는 곤드레만드레 취해 있었다. 그도 나보다 나을 게 없었지만 어쨌든 버티고 있었다. 나는 숨이 막혔고, 시원한 공기를 마시고 싶어 비틀거리며 일어섰다. 의기양양한 승리의 미소 속에 점점 커져가는 불편한 심기를 감춘 채. 나는 고개를 꼿꼿이 세우고 사람들로 붐비는 홀을 지나갔다. 내가 쓰러지기 직전이라는 사실을 아무도 짐작하지 못했다. 내 원피스는 너무 짧았고 하이힐 굽은 너무 높았다. 나는 화장실 쪽으로 향했다.

"헬! 그동안 잘 지냈어?"

A였다.

"응, 너는?"

"널 본 지가 거의 십 년은 된 것 같아!"

"그래, 내가 한 육 개월 정도 은둔 생활을 좀 했지."

"너 듣자하니, 그 GT3 몰고 다니는 남자애, 포슈 거리에 사는 앙드레아라는 애하고 사귄다면서."

"응, 맞아."

"얼마나 됐어?"

"육 개월."

"우와, 그러면 말 다했네 뭐."

"사실 그래."

"2차 갈 거지?"

"아니, 그럴 거 같지 않아. 컨디션이 별로 좋지 않아서……"

"왜 그래, 그런 사소한 문제는 어떻게 다뤄야 하는지 잘 알면서……"

"난 그게 없어."

"자, 받아."

그가 봉지를 내 손에 슬그머니 쥐어줬다.

"고마워. 나 기다리지 마. 남은 건 네 테이블에 갖다놓을게. 다른 애들한테 인사도 할 겸."

나는 호사스런 러브호텔처럼 실내장식을 한 화장실로 들어갔다. 화장실은 화장을 다시 고치려는 창녀들로 언제나처럼 북적댔다. 그들은 제 나이보다 많은 주름을 감추려고 테라코타 블러셔를 덧발랐다. 사람들의 속임수가 들통 나는 곳이 바로 여기다. 그들의 백에는 유명 브랜드의 화장품이 없었다. 그녀들은 눈썹 하나 까딱하지 않고 슈퍼마켓에서 산 싸구려 립스틱과 마스카라를 꺼내들었다…… 잠깐만요, 미안합니다, 코카인 좀 하려고요, 고맙습니다. 나는 화장실 안에 들어와 문을 닫고 손을 떨며 루이뷔통 백에서 봉지를 꺼냈다. 그리고 예전 습관대로 반사적으로 변기 뚜껑을 내린 뒤 그 위에 코카인 덩어리를 올려놓고 유효기간이 지난 신용카드를 꺼내 카드 모서리로 잘게 부쉈다. 나는 완전히 흥분해 이백 프랑짜리 지폐를 둘둘 말아 들고 무릎을 꿇은 뒤 다섯 줄로 나뉜 코카인 가루를 응시했다. 그리고 숨을 들이마시며 가루를 흡입했다. 한 줄…… 또 한 줄. 행복에 도취되기 시작한다. 난 잠시 멈추었다. 그리고 세번째, 네번째, 다섯번째 줄…… 육 개월 동안 왜 이걸 끊었던 것일까? 이 육백 그램의 행복 물질을. 나는 자리에서 일어나다 순간 현기증이 일어 이마를 벽에 부딪혔다. 그런데도 아무 느낌이 없었다.

 나는 거칠게 화장실 문을 열었고, 그 바람에 문이 다른 문과 부딪쳐 시끄럽게 소리를 냈다. 환상적 분위기를 연출해주는 불빛 아래서 거울을 들여다보니 아름답고도 악마적인 이미지가 눈에 들어왔다. 천장 회랑 아래 핏방울이 맺혀 있었다. 다시 나의 악령들과 마주하게 되었다. 내딛는 발걸음은 자신감에 차 있었다. 나는 힘들지 않게 홀의 인파를 헤쳐나갔다. 긴 잠에서 막 깨어난 기분이었다. 반 그램도 남지 않은 코카인을 A에게 돌려주러 갔다. 얼마 남지 않아 미안하다고 했더니 그는 대수롭지 않아 했다. 오히려 반기는 투였다. 나는 테이블을 돌며 나이트클럽 안에 있는 그 모든 천박한 남자들, 예전에 함께 애프터를 즐겼던 비루한 옛 파트너들에게 인사를 했다. 음울하고 창백한 추억 속의 희미한 얼굴들, 사리에 맞지 않는 횡설수설과 제대로 알아들을 수 없던 얘기, 그리고 눈물에 젖어 실패로 끝나버렸던 섹스가 떠올랐다. 그런데 나는 이들과 무시할 수 없는 인연이 있는 것 같았다.

 나는 다시 우리 테이블로 돌아왔다. 누군가가 내 자리에 앉아 있었다. 앙드레아는 세상에서 가장 천진난만한 얼굴로 자기 여동생 친구하고 이야기를 나누고 있었다. 게다가 그의 여동생 친구는 소파에 놓인 내 분홍색 파시미나 숄을 엉덩이로 깔고 앉아 있었다. 집안끼리 친하면 그래도 되는 건가? 나는 테이블 앞에 딱 버티고 섰다. 그리고 테이블 위에 놓여 있는 담배 하나를 집어 내 뒤퐁 라이터로 불을 붙인 뒤 몸을 비틀거리며 담배를 길게 한 모금 빨았다.

"안녕." 연기를 내뿜으며 내가 말했다.

"어, 안녕! 미안해. 앙드레아 오빠를 못 본 지 오래되어서 인사하려고 잠깐 앉았어." 맑고 파란 눈을 크게 뜨며 그녀가 더듬더듬 말했다.

"내 자리가 맘에 들면 계속 앉아 있어도 돼."

그가 불안한 표정으로 미소를 지으며 말했다.

"농담하는 거야."

그러고는 자리에서 일어났다.

"왜 그래? 가브리엘 친구가 잠깐 앉은 것뿐인데, 너무 과민반응 보일 필요 없잖아?"

"어쨌든 진짜 내 자리도 아닌데 뭐."

"뭐야? 왜 이렇게 정신 나간 얼굴이 된 거야? 뭐 먹었어?"

"응, 자기. 딱 반 그램 정도. 그럼 안 되나?"

나는 그가 언성을 높이고 신경질을 부리고, 잠시만이라도, 저 견딜 수 없는 자기 통제력을 상실한 모습을 보고 싶었다. 하지만 그는 경멸의 눈빛으로 조용히 날 보고는 거대한 도자기처럼 여전히 우리 앞에 버티고 서 있는 그 바보 같은 계집애한테 내 태도에 대해 사과했다. 그녀는 아직 인사를 하지 못해서였는지 자리를 떠나지 못하고 우리가 싸우는 모습을 지켜보고 있었다.

나는 파시미나 숄을 둘렀다. 앙드레아가 내 팔을 잡았다.

"어디 가는 거야?"

"나가고 싶어. 카바레로 갈 거야."

"그래, 좋아. 나도 같이 가."

그가 돈을 지불했다. 우리는 호텔을 나섰다.

그가 내 손을 잡았다. 나는 그에게 거의 몸을 맡긴 채 걸었다. 차에 올라탄 나는 창을 내렸다. 시원한 바람에 기분이 좋아졌다. 나는 좌석을 뒤로 빼고 두 다리를 쭉 뻗고는 목이 터져라 노래를 부르기 시작했다. 그러다 갑자기 웃어댔다. 아주 맘껏 웃었다. 그리고 얼굴을 찡그려 괴상한 표정을 지어 보였다. 그도 웃지 않을 수 없었다.

나는 샴페인 병을 꺼내들었다. 아까 클럽에서 아직 따지 않은 술병을 파시미나 숄 아래 몰래 감춰 가지고 나왔다. 나는 술꾼처럼 병째 마시고 나서 그에게 권했고, 그도 병째 입을 대고 마셨다. 우리의 얼굴엔 이제 자신이 넘쳤다…… 그가 술병을 마저 비운 뒤 콩코르드 광장 도로에 던졌다. 병이 요란한 소리를 내며 깨졌다. 나는 아무 이유 없이 자신을 타락시키고 거기에 그를 끌어들이고 있었다.

우리는 거드름을 피우며 바보 같은 얼굴로 나이트클럽 앞에 도착했다. 그가 버릇없고 거만한 태도로 차 열쇠를 주차 요원에게 던졌다. 그러자 주차 요원은 오히려 그의 목을 얼싸안으며 반가워했다. 나는 이 감격적인 재회의 시간을 줄이기 위해 외국 여자같이 우스꽝스럽고 명령적인 어조로 날 따라오라고 말했다.

"자기, 서둘러, 응!"

보기 불편한 사교계의 연극이 시작되었다. 우리가 육 개월이 넘게 밤 외출을 하지 않았던 만큼 그런 연극은 더욱 필요했다. 잊고 지냈던 사람들에게 다가가 그간의 일을 설명해야 했다. 오늘 밤 여기 오기 전에 어디서 저녁을 먹었고, 그동안 어디서 지냈는지, 무엇을 했는지, 이번 여름에 생트로페에 갈 건지, 아니면 스페인의 마르벨라나 이비사를 갈 건지, 아니면 이탈리아의 사르데냐를 갈 건지, 그도 아니면 네 곳 다 갈 것인지, 아직도 아무개랑 연락하는지, 내가 왜 전화를 하지 않았는지, 이 원피스를 어디서 샀는지, 앙드레아를 어떻게 만났는지 등등…… "응, 응, 한 잔 더 줘. 보드카 한 잔 주세요, 얼음 섞어서요…… 오렌지 주스…… 아뇨, 이 좋은 습관을 버릴 리 없지…… 잠깐, 진정해, 난 더이상 알코올중독자가 아니야…… 반대로…… 난 완전히 끊었다고…… 응, 그래. 네 봉지 좀 줘봐, 고마워…… 안녕,

그럼 잘 지내지…… 너는?…… 아냐, 나 결혼 안 했어, 왜 그런 걸 다 물어보니…… 아니, 잊지 않았지…… 너한테 다시 전화하지 않았던 건…… 그건 왜냐하면…… 왜냐하면…… 네…… 보드카 주세요…… 뭐 새로운 일 없어?…… 없어, 늘 그렇지 뭐…… 누가 샴페인 시켰어?…… 아니, 됐어. 난 많이 마셨어…… 알았어, 짜증내지 마, 딱 한 잔만…… 어머나, 너 어떻게 지내, 내 사랑…… 그래, 오랜만이지…… 너 코카인 없니…… 그래, 좀 이따 보자…… 너 왜 이렇게 어두워 보여…… 어디서 오는 거야…… 어땠어…… 있잖아, 난 바보 같아, 빈 잔하나…… 오렌지 보드카, 고마워…… 앙드레아, 내 사랑, 어디 있었어? 사방을 다 찾아다녔단 말야."

"뒷계단에서 옛 애인한테 펠라티오를 받았어."

"알았어, 됐어. 혹시 너무 지루한 거야?"

"전혀."

이런 기분을 맛보는 건 정말 오랜만이었다. 주변이 빙빙 돌고 수많은 얼굴이 파도처럼 내게로 몰려왔다. 나는 걸음을 뗄 때마다 넘어질 듯 비틀거렸다. 하지만 심하게 취한 이 상태가 조금도 불쾌하지 않았다. 반대로 너무 기뻐 어쩔 줄 몰랐다.

새벽 네시. 나이트클럽 퀸에는 여전히 똑같은 바보들만 가득했다. 그들 또한 어찌나 마셨는지 곤드레만드레 취한 상태였고 옷 꼬락서니도 아주 지저분했다. 그것이 유일한 차이라면 차이다. 여기저기에서 코카인을 얻는 데 지친 나는 값이 내리기 시작할 무렵 코카인 이 그램을 샀다. 내 상태는 더 나빠졌다. 다시 화장실로 가기 위해 홀을 가로질렀다. 누군지 알 수 없는 익명의 끈적끈적한 상체들이 내 몸에 달라붙었다. 싸구려 호모 둘이 서로 부둥켜안고 있었다. 아무래도 엑스터시의 절정에 이른 것 같았다. 그들이 침을 흘리며 피어싱을 박은 눈썹 아래, 적대적인 눈으로 날 흘겨보았다. 사나운 그 눈빛에 주눅이 든 나는 밀집해 있는 사람들을 헤쳐나가기가 힘든 척했다. 화장실에서 동전을 받는 남자가 나에게 막대사탕을 주었다. 나는 코카인을 잔뜩 들이마시고 혼미한 상태로 다시 나왔다. 턱에 감각이 없었지만 매우 만족스러웠다. 다시 홀로 들어간 나는 엉덩이를 흔들며 걸었고, 내 앞을 가로막는 사람들, 땀에 젖어 보기 흉한 덩치들을 주저 없이 밀쳐냈다.

나는 다시 앙드레아한테 갔다. 그의 두 무릎에 두 여자가 앉아 있었다. 그는 냉소를 짓고 있었는데, 마치 비열한 자식처럼 보였다. 그는 구멍이 난 술통처럼 술을 마셔댔다. 나는 테이블을 건너뛰다가 술잔을 엎었다. 같이 있던 손님이 화를 냈고, 앙드레아는 그를 호되게 윽박지르며 다시 자리에 앉혔다. 나는 그의 무릎에 앉아 있던 멍청한 두 여자애를 밀쳐내고 그의 입술에 키스했다. 계속 집요하게 키스를 퍼부으며 그의 셔츠 아래로 두 손을 슬그머니 밀어넣어 이미 속속들이 알고 있는 그 몸을 애무하기 시작했다. 주변 사람은 더이상 존재하지 않았다. 나는 그의 청바지 단추를 하나씩 풀었고, 우리는 억누를 수 없는 뜨거운 열기에 휩쓸려 천천히 피할 수 없는 결합으로 빠져들었다…… 우리는 섹스를 했다. 나이트클럽 퀸 한복판에서. 주위에 사람들이 모여들자 쾌락은 더욱 커졌다. 우리의 음탕한 왕복운동은 진짜 행위를 흉내내는 것처럼 보였고, 쾌락에 찬 우리의 신음 소리는 귀청이 찢어질 듯한 음악 소리에 묻혀 사라졌다……

이윽고 나는 몸을 빼고 그의 옆에 앉았다. 몇몇 사람이 질렸다는 표정으로 뚫어져라 우리를 쳐다보았다. 우리는 악마 같은 웃음을 터트렸다. 우리는 아무도 존중하지 않았다. 우리 자신조차도. 우리는 둘 다 어떤 공통의 욕망을 타고난 듯했다. 금지의 속박에서 영원히 벗어나고자 하는 욕망. 나는 웃음을 멈출 수 없었다. 샴페인과 방탕한 행동에 완전히 취해버렸다.

그런데도 난 더 자극적인 것을 원했다. 만족스럽지가 않았다.

나는 더 강렬하고 불가능한 것을 원했다.

우리는 나이트클럽에서 나왔다. 차를 주차해둔 곳까지 가는 길이 끝없이 멀게 느껴졌다. 우리는 쓰러지지 않기 위해 서로에게 남은 힘을 합쳐 균형을 잡으려 애썼다. 그러면서 전기가 흐르는 듯한 공기 속을 비틀거리며 걸어갔다. 차츰 내 머릿속으로 우리 자신이 괴상망측하다는 생각이 비집고 들어왔다. 우린 괴상망측하다. 쉴 새 없이 요란한 몸짓을 해대는 꼭두각시들. 나는 차에 올라 쓰러지듯 주저앉았다. 샹젤리제가 빙빙 돌았다. 나를 중심으로 어지럽게 도는 이 회전목마 같은 느낌에서 벗어나려고 눈을 감았다. 하지만 안전벨트가 날 죄고 있었고 관자놀이는 타락한 나의 비참한 모습을 눈을 크게 뜨고 직시하게 했다. 빛을 잃은 보석이 달린 원피스를 입은 채 너부러진 몸이 차의 요동으로 흔들렸다. 손은 비틀렸고 얼굴은 일그러졌다. 움푹 들어간 두 눈은 흐리멍덩했다. 꽉 다문 입. 눈썹 아래 실핏줄이 막혀 창백해진 얼굴. 나는 내 눈 속에 평소의 번득임이 있는지 찾아보았다. 없다. 낯선 여자만이 눈에 들어왔다. 눈빛이 꺼진 낯선 여자.

놀랍게도 앙드레아는 두 차 사이에 기가 막히게 주차할 줄 안다…… 나는 못 박힌 듯 자리에 그대로 앉아 있었다. 움직일 수가 없었다. 그가 좀 움직여보라고 날 부추겼지만 싫다고 뿌리쳤다. 결국 그는 날 천천히 끌어낼 수밖에 없었다. 그렇게 나는 차에서 내렸다. 균형을 잃고 발작적으로 움직이는 내 모습은 그야말로 꼴불견이었다. 나는 도로에 서 있었다. 잠시 그렇게. 기운이 다 빠져 두 다리를 후들거리다 그대로 무너져내렸다. 토하고 싶었다. 내 안에서 분노 같은 것이 치밀어 올라왔다. 나는 혐오와 증오, 그리고 닥치는 대로 마신 몇 리터의 알코올을 모두 토해내고 싶었다. 바닥에 무릎을 꿇고 등을 구부렸다. 그리고 매일 밤낮으로 저지른 내 무절제의 결과물을 끝도 없이 토해냈다. 롤리타 램피카 원피스에 토사물이 튀었고, 그 끔찍한 오물 위로 침묵이 무겁게 깔렸다. 악몽을 꾸는 것처럼 속에서 무언가가 계속 올라왔다. 나는 몇 리터의 보드카와 샴페인, 내 잃어버린 환상과 내 주위를 배회하는 유령들을 게워냈다. 더러운 액체가 검은 아스팔트 위로 쏟아지며 튀어올랐고, 그 쏟아지는 소리가 무가치한 내 존재에게 내려진 죽음의 선고처럼 머릿속에서 메아리쳤다. 나는 엎드린 채 그대로 있었다. 일어나고 싶지 않았다. 그와 시선을 마주치고 싶지 않았다. 나는 고개를 숙여 뜨거운 눈물을 감췄다. 여기서 이대로 죽고 싶었다.

앙드레아가 한 팔로 내 무릎을 받치고 다른 한 팔로 내 어깨를 안아서 들어올렸다. 나는 너무 피곤하고 창피해서 꼼짝도 할 수 없었다. 그저 그의 어깨에 머리를 기댔다. 죽은 여자처럼. 그의 아파트에서 나는 익숙한 냄새에 조금 안정이 되었다. 그는 천천히 날 이끌고 다른 공간들을 지나 욕실까지 갔다. 날 욕조 위에 앉히고 젖은 스펀지로 화장과 눈물로 범벅이 된 얼굴을 닦아주었다. 세심하게 정성을 들여 얼룩이 모두 지워질 때까지, 움푹 들어간 슬픈 눈의 창백한 여자아이가 거울에 비칠 때까지. 그는 칫솔질도 해주었다.

"뱉어."

나는 그가 하라는 대로 뱉었다. 그는 잔뜩 엉킨 내 머리카락도 빗겨주었다. 아프지 않도록 신경을 써가면서. 그리고 내 발에서 프라다 하이힐을 벗기고 원피스도 벗긴 뒤 아주 큰 셔츠를 입혀주었다. 그는 내 손을 잡고 자기 방으로 데려갔다. 그러고는 날 눕히고 머리가 베개 가운데에 오도록 위치를 잡아주었다. 또 턱까지 이불을 끌어올려 잘 덮어주었다. 그는 내 손을 놓지 않았다. 지금도 때 묻지 않은 그 이불의 포근함과 날 안심시키려 내 손을 잡고 있던 그 손의 감촉을 기억한다. 나는 곧 잠 속에 빠져들었다.

그다음 날, 모든 것이 다시 시작되었고, 모든 것이 더 나빠져갔다……

9

더이상 견딜 수 없다.

우리는 이제 살아 있는 존재가 아니다. 이건 환상이다.

우리는 어둠과 코카인에 빠져 허우적대고 있다.

우리는 파리 동부에 있는 지저분한 곳들을 자주 간다. 이 구역은 우리가 전혀 몰랐던 곳이다. 우리는 다른 이들의 오물 속을 뒹굴고, 음침하고 우울한 분위기에서 헛되이 사람들을 만나며 살고 있다. 세상 곳곳에 퍼져 있는 부패한 영혼들과 함께 살아가는 것이다. 우리의 의지와 상관없이 우리가 열망하는 그런 삶은 오직 밤에만 가능하다.

우리는 삶의 코미디를 연기한다. 그러나 우리는 살아 있다기보다는 죽은 쪽에 가깝다.

움직이는 시체들.

숨이 찬다…… 그래서 계속 쫓아가려는 나의 욕망은 때때로 끊어진다.
나는 더이상 견딜 수 없다……
코카인 가루 한 줄을 코로 들이마신다.

매일 나는 사랑하는 남자가 타락해가는 모습을 지켜본다. 떨리는 그의 손이 봉지에 든 코카인 가루를 쏟아 줄을 만들면, 그의 턱이 테이블에 부딪히며 가까이 다가간다. 하얀 가루 줄들은 그의 불규칙한 움직임과 함께 금방 사라진다. 그 가루들을 흡입하기 위해 움직일 때, 온몸을 기울여 그것을 들이마시고 있을 때, 그에게 나는 불청객이다.

코에는 코카인 가루가 가득 묻어 있고 눈은 텅 비었다.

이제 우리는 섹스조차 하지 않는다.

내 목구멍에서는 늘 금속 맛이 느껴지고, 이제 턱은 감각이 없는 것 같다. 나는 매일 아침 코피를 흘린다.

자급자족의 폐쇄된 삶. 우리는 이제 마약 딜러 외엔 아무에게도 전화하지 않는다.

우리는 할 수 있는 모든 것을 시도해보았다. 어제는 농축 코카인을 피웠다.

판유리와 둘둘 만 지폐, 그리고 순결한 하얀 가루. 그는 나의 악덕을 표절하고 있다.

우리 둘은 살아 있지 않다.

우리는 구질구질한 동네를 돌아다니며 가난한 이들과 파티를 벌인다. 그들은 가장 깊은 절망에 빠진 이들이다.

새벽 여섯시, 파리 18구 어느 한구석, 쓰레기 속에 사람들과 함께 있다. 날이 밝아오는 척한다. 하지만 언제나 밤이다.

나는 그를 아는 유일한 사람이다.

아마도 그는 이 사실을 알 것이다. 나는 그에게 묻지 않는다. 우리는 이제 서로 말도 나누지 않는다.

그는 자동차 문을 열기도 버거워한다. 나는 기계적으로 차에 올라탄다.

우리는 다프트 펑크의 〈아에로디나믹〉을 듣는다. 이 음악을 들으면 아주 빨리, 아주 멀리 가고 싶은 충동이 인다. 우리는 아무도 없는 강변 도로를 시속 이백 킬로미터로 질주한다. 순식간에 모든 것이 우리 뒤로 처진다. 순간 나는 죽고 싶다는 생각이 든다. 바로 그 순간에 앙드레아 옆에서 죽어도 좋을 것 같다. 코카인과 속도에 취해, 주변을 가득 채우는 다프트 펑크의 기타 소리를 들으며 시속 이백 킬로미터로 달리다 센 강 위 예술의 다리에서 떨어져 죽어도 좋을 것 같다. 크롬 도금한 것처럼 반짝거리는 우리의 눈으로 볼 때 우리의 운명은 서로 얽혀 있으니까. 또는 빅토르 위고 광장에서 출발해 개선문을 지나 오벨리스크 발치나 루브르 박물관의 사각형 안마당에 멈춰 서버려도, 또는 마르모탕 박물관의 문을 부수고 들어가 모네의 〈인상·일출〉, 이 걸작 앞에서 이해심 깊은 연인과 함께 눈물을 흘리며 마지막 숨을 거두어도 좋을 것 같다. 문득 나는 코피가 흐르고 있음을 깨닫는다. 종이 울렸고 우리는 다 왔다……

10

 끝났다. 나는 단념했다. 더이상 견딜 수 없었다. 내 생각에 우리는 마지막엔 서로를 미워하기까지 했던 것 같다. 그건 더이상 삶이 아니었다. 습관, 끔찍한 습관이었다. 우리는 매일 함께 눈을 뜨고, 함께 방황하다, 권태로워졌다…… 우리는 지치도록 코카인을 흡입해 이 권태를 속이려 했고, 우리 사이에 무언가 있게 하기 위해 환각에 빠졌지만 그건 '사랑'은 아니었다. 우리는 서로에게서 벗어나기 위해 서로에게 매달렸고, 상대가 떠나갈까 두려워하면서도 언제나 함께 있는 것을 증오했다…… 그래서 먼저 떠났다.
 끝났다.

"바보 같은 내 가슴속에서 한 바보가 목이 터져라 노래하고 있네."

오늘 쇼핑을 했다. 카발리 청바지 두 벌, 콜리제 드 사샤에서 허벅지까지 오는 가죽 부츠, 바르바라 뷔에서 재킷 하나, 폴 앤 조 매장 쇼윈도에 진열된 모든 것, 조셉 바지, 프라다 구두, 크리스티앙 디오르에서 몇 개째인지 모를 백 하나와 이 백과 세트인 지갑과 선글라스를 샀다. 그리고 이니셜이 박힌 펜디 모자도. 물론 영화관에 가는 일요일을 빼고는 거의 쓰지 않겠지만.

저녁에는 식사 모임이 네 개나 있다. 하나는 클럽 벵에서 하는 자선 파티다. 한 달 최저임금의 세 배 정도 되는 가격의 이브닝 드레스를 입고 양심에 꺼릴 것 없이 아귀아귀 먹어대는 그런 파티. 당신 덕분에, 즉 당신의 참가와 당신이 지불한 입장료 오백 프랑 덕분에 서른 명의 아프리카 아이들이 구제되었으니 거리낄 건 없다. 하지만 나는 이 모임에 가지 않을 것이다. 벵은 너무 머니까.

다음은 쉴탕의 스무 살 생일 파티다. 쉴탕은 개 이름도 말 이름도 아니다. 쉴탕은 어렸을 적 친구 중 하나다. 나는 그와 연락을 끊는 데 간신히 성공했다고 생각했지만, 그는 매년 생일 때마다 끈질기게 초대장을 보내왔다. 이 생일 파티에 가면 퇴락한 모든 명문가의 자손들을 만날 수 있다. 나는 철들면서부터 파시 대로에도 지나가지 않고 그쪽에서 주최하는 댄스 파티에도 참석하지 않으면서 그들을 피해왔다. 이번에도 응답하지 않고 죽은 척 하는 수밖에 달리 방법이 없다.

세번째는 몽테뉴 대로의 크리스네 집에 가기 전에 늘 하는 일이다. 즉 디에프에 가서 주문을 하고 몇 잔 마시고 나이트클럽에 가기 전에 컨디션 조절을 위해 코카인 가루 몇 줄을 흡입하는 것.

네번째 저녁 초대는 고려해볼 필요조차 없다. 어떤 포르노 영화 감독이 주최하는 파티인데, 그는 빅토리아한테 홀딱 반해서 자신의 남자 배우들을 우리에게 소개해주고 싶어한다.

사람들은 "나는 정말 인기 있어"라고 말하며 자신의 부가가치를 높이려 할 때만 이 감독을 언급한다.

사실 이 네 모임에 다 참석할 수도 있지만 하나같이 따분한 것들이라 어떻게 해야 할지 모르겠다. 장조르주가 새로 문을 연 레스토랑 마켓에 가고 싶기도 하고, 한편으로는 초밥이 먹고 싶은데 일본 레스토랑 노부에는 가기 싫다. 분홍색 말라바르 보드카를 몇 잔 마시면 좋겠는데, 그건 레스토랑 조나 인도 레스토랑 빈디에서만 판다. 코카콜라와 통닭을 먹지 못할 이유도 없지 뭐. 그런데 종업원이 "금방(tout de suite)" 대신 "빨랑(de suite)"이라고 말하거나, 메뉴판에서 '단지, ~만(juste)'이라는 단어를 보게 되면, 즉 '갓 내린 당근 주스 한 잔만(juste un verre de jus de carotte minute)' '파마산 치즈 약간만(juste un peu de parmesan)'과 같은 메뉴를 본다면 살인을 저지를지도 모른다.

그러니 그냥 집에 있는 게 신상에 좋을 듯싶다. 혹시나 해서 나는 빅토리아의 두번째 전화번호로 전화를 걸었다.

"여보세요?" 그녀는 미국식 억양으로 거의 소리 지르다시피 전화를 받았다.

"나 헬이야, 잘 지내?"

"헬, 자기야, 지금 막 전화번호를 그룹별로 정리하던 중이었어. 넌 베리 VIP 그룹이야. 그러니까 네가 전화하면 내 핸드폰에서 너만의 벨소리가 울리는 거지……"

"사랑하는 비키, 나 지금 심각해. 그래서 처음 샀던 라페를라 팬티만큼이나 너의 전화번호 분류 기준에도 관심이 없어. 오늘 저녁에 뭐 할 거야?"

"크리스네 가서 잔뜩 먹고 코카인 잔뜩 하고, 카바레에 가서 또 잔뜩 마시고 코카인도 잔뜩 한 뒤, 또 퀸으로 가서……"

"크리스네 가는 거라면 난 사양할래."

"왜 그래, 헬? 너 내 남자 친구랑 무슨 문제 있어?"

"황당한 소리 좀 그만할래? 크리스를 너에게 소개해준 사람이 바로 나야. 난 크리스는 아주 좋아하지만 그의 절친한 친구 쥘리앵도, 다운증후군 환자 같은 그 뉴욕 남자도, 2001년에 생탄 병원 최우수 고객으로 선정되었다는 또다른 친구 벤지도, 내 옛날 남자 친구 A도, B도, 이외에 크리스가 친하게 지내는 다른 한심한 마약중독자들도 보고 싶지 않아. 오늘 저녁엔 대화가 하고 싶어, 알겠니?"

"난 섹스가 하고 싶은데."

"섹스는 다음에 해도 되잖아."

"잠깐만, 헬. 너도 알다시피 크리스는 저녁 아홉시에서 열한시 사이에만 섹스할 수 있어. 그 이후에는 마약에 취해서 더이상 발기가 안 돼……"

"그럼 너 혼자 가."

나는 전화기를 내려놓았다.

다 무슨 소용이람? 나는 매장과 작은 부티크를 돌아다닌다. 디자인이 약간씩 다른 옷들이 줄줄이 이어진다. 나는 이렇게 산 옷들을 입고 나이트클럽에 가서 춤을 추고 마신다. 서로 얘기는 나누지 않는다. 모두가 기력이 없거나 더이상 할 말이 없다. 그리고 혼자 집으로 돌아오거나, 어울리지 않는 누군가를 데리고 귀가한다.

내 인생은 자동차를 타고 새벽 네시에 파리 시내를 배회하는 것과 비슷하다. 나는 차 안에서 빌어먹을 사랑 타령이나 하는 의미 없는 노래를 들으며 황량한 거리를 바라본다.

앙드레아는 차 안에서 늘 이기 팝의 〈나이트 클러빙〉, 인엑시스의 〈아이 니드 유 투나잇〉, 또는 라디오헤드의 노래 가운데 특히 〈크립〉와 〈하이 앤 드라이〉를 즐겨 들었다. 그는 스팅과 유투를 아주 좋아했지만, 그들의 음악을 듣지는 않았다.

나는 이런 그의 음악 취향을 분위기 있는 음악 쪽으로 돌려놓았고, 그에게 영화 〈사랑보다 아름다운 유혹〉의 OST를 선물했다. 하지만 그는 한 번도 듣지 않았다.

앙드레아가 어렸을 때 그의 아버지는 집을 나가 리츠 호텔에서 살았다…… 어느 날 밤, 앙드레아는 잠자리에서 일어나 몰래 집을 나왔다. 그리고 리츠 호텔까지 걸어가 아버지를 집으로 데려왔다. 그때 그는 고작 여덟 살이었다.

이제 그는 스물두 살이다. 그는 어떤 바보 같은 여자애랑 어울리고 있다. 예쁘장한 금발 여자앤데, 딱히 특별할 것 없이 평범한, 누구를 닮지도 않은, 그냥 '착한 여자애'다. 지금 파리 사람들 전체가 나를 과부 취급하고 있다. 그들이 나에게 건네는 인사가 마치 조의처럼 들린다.

이젠 끝났다.

나는 심리적 혼란 속에 여름 바캉스를 형편없이 보냈다. 부모님과 함께 생트로페와 이비사, 발리에 다녀왔다. 깔깔대며 웃고 즐거운 척하면서 아침부터 밤까지, 해변에서든 갑판에서든 늘

술에 취해 지냈다. 타락…… 이번 바캉스 동안 내가 한 일을 잊고 싶다.

이 주 전에 그가 전화를 했다. 우리가 만나지 않은 지도 세 달이나 되었다. 그는 소식을 듣고 싶어했다. 대체 무슨 소식을?

우리는 자정에 프랭스 드 갈 호텔 바에서 만나기로 했다. 그 시간쯤이면 누구하고도 우연히 마주치지 않을 것 같았다.

나는 온통 베이지색으로 차려입고 약속 장소로 나갔다. 눈 밑에 생긴 다크서클과 초췌한 몰골을 감추기 위해 몇 시간 동안이나 화장을 했고 억지로 화사한 미소를 지었다.

도착해보니 그는 벌써 와 있었다. 여전히 똑같은 모습이었다. 검은색 옷에 감히 접근할 수 없는 분위기까지. 그는 『규방 철학』*을 읽고 있었고, 보드카 토닉은 건드리지도 않은 채였다.

나는 싸가지 없이 굴었다. 줄담배를 피우고 그의 이야기는 듣는 둥 마는 둥 주변을 둘러보며 호텔 바 안을 살폈다. 사우디아라비아 남자 둘이 다가와 나에게 인사를 했다.

앙드레아는 마이애미에서 보낸 바캉스와 소송 중인 그의 아버지에 대해 이야기했다.

그 조용한 바, 무미건조한 사람들 가운데 있는 우리 역시 무미

---

* 마르키 드 사드의 작품.

건조했다. 우리는 전혀 살아 있는 것 같지 않았다. 나는 자리를 박차고 일어나 그의 손목을 잡고 밖으로 끌고 나와 그의 차 앞까지 갔다.

"우리 집으로 가자."

이게 내가 한 말의 전부였다.

차에 오르자 그가 음악을 켰다. 나는 정지 버튼을 눌렀다. 침묵이 흘렀고 들리는 소리라곤 자동차 엔진 소음뿐이었다. 우리는 아무 말 없이 그 소리만 들으며 집으로 돌아왔다.

우리는 옷도 제대로 벗지 않은 채 섹스를 했다. 아주 나빴다.

그는 자신의 멍청한 애인을 어떻게 생각하는지 차분하게 설명했다. 그리고 나에 대해 느꼈다고 '믿었던' 모든 감정을 이야기했다. 그는 내가 그를 떠난 것은 잘한 일이라고 말했다. 우리 둘이 함께 있는 것은 실수였기 때문이다. 그럼에도 오늘 저녁에 그간 얼어붙었던 관계를 풀 수 있어 다행이라고 했다. 이것을 계기로 우리는 앞으로 좋은 관계를 유지할 수 있을 테니까.

"디안은 내 운명의 여자고, 내 아이들의 엄마가 될 거야."

그는 내가 울부짖으며 날뛰는 꼴을 보고 싶은 걸까? 아니다. 그는 아무래도 좋다. 저 맹한 새침데기 여자를 너무도 사랑하기 때문에 누구에게라도 그 넘치는 감정을 기필코 말해야 할 뿐인 것이다.

참, 운도 없지. 이 침대엔 그의 말을 들어줄 사람이 나밖에 없었다. 사랑하는 남자가 직접 쏟아내는 내 연적에 대한 찬사를 들어야만 했다. 그것도 아주 헐값으로 맥 빠진 포옹에 몸을 맡긴 바로 뒤에 말이다. 나는 깊은 곳에서 점점 올라오는 고통을 억누르기 위해 손톱에 눌려 손바닥에 피가 맺힐 정도로 힘주어 주먹을 쥐었다.

내가 그토록 아끼던 그의 목소리는 리듬에 맞춰 내 마지막 희망을 완전히 무너뜨렸다. 그의 단 한마디, 약간의 몸짓만 있었어도 나는 완전히 무너져 항복했을 것이다. 그래서 그에게 내가 도망친 이유와 나의 변함없는 사랑을 모두 고백하고 말았을 것이다.

눈물이 쏟아질 것 같았지만 꾹꾹 눌러 참았다. 어쩌면 내 눈은 약간 더 반짝였을지도 모르겠다. 하지만 내 눈에 어린 물기를 그는 알아채지조차 못했을 것이다. 나는 안간힘을 써 전투태세를 갖췄다. 악의 없는 고통을 복수의 욕구로 갈아치웠다. 그도 나만큼 고통을 느껴야 했다. 나는 침대 끝에 걸터앉아 그의 머리를 어루만졌다. 침묵을 깨고 내 안에서 목소리가 흘러나왔다. 낯선 목소리였다.

"그래, 그 여자를 사랑해, 그 멍청한 여자를. 그녀를 사랑해. 그녀는 네가 마침내 삶을 사랑할 수 있도록 해줄지도 모르니까.

또 어쩌면 그녀 덕분에 마약을 끊고 네 코를 편안히 쉬게 해줄 수도 있을 테니까. 창녀들과의 섹스도 그만두게 될 거고, 너에게 괜찮은 구석이 있다는 걸 보여주기 위해 일을 하기로 결심할지도 모르지. 그녀를 네 부모님에게 소개하는 날, 그들은 어쩌면 널 다시 아들로 인정해줄지도 몰라. 네 아버지는 이제 너의 상속권을 박탈하겠다는 생각 따윈 집어치울 거고, 네 어머니는 네가 협탁 위에 흘려놓은 코카인 가루를 가정부가 닦지 않아도 된다는 걸 알고 더이상 네 걱정에 밤새워 울지 않으시겠지. 그래서 네 어머니는 수면제를 먹지 않아도 되고 술도 끊게 될지 몰라.

네가 하는 일은 무엇이든 세계 최고일 거야. 이제 너는 습관적으로 잠들던 시간에 일어나 베를린으로 일하러 갈 거야. 차가 막힐 때면 뉴스를 들을 거고. 가죽 소파에 엉덩이를 붙이고 앉아 여비서에게 달콤한 말을 속삭이겠지. 하지만 여비서는 네 커피에 침을 뱉을 거야. 왜냐하면 네 책상에 놓인 사진, 생트로페에서 너와 네 아내와 겁 많은 두 아이에 개까지 함께 찍은 그 사진 액자의 먼지를 터는 일이 못 견디게 지겹기 때문이지. 너는 신문을 읽지만 정치에 대해 잘못된 관점을 갖게 될 거야. 그저 부자에게 세금을 덜 부과하는 정책에 표를 던지겠지. 저녁이면 곧바로 집에 돌아가느라 네 삶의 부조리를 생각할 겨를조차 없을 테고. 너는 분홍색 폴로 골프 스웨터를 걸치고 멍청한 아내와 함께 저녁식사를 하겠지. 그리고 대화는 친구들 사이에 만연한 불륜이라는 전염병 쪽으로 흘러갈 거야. 너는 그 전염병이 너희 집까지 번졌다는 사실은 말하지 않겠지. 너는 네 젊음을 잃고 그걸 의식하지도 못할 거야. 너와 아내는 대형 여객선처럼 사 제곱미터나 되는 드넓은 침대에 나란히 누워 코를 골며 잘 거야. 서로에게 손끝 하나 대지 않고 말이야. 그래도 넌 아무 문제 없을 거야. 창녀촌이나 란 대로를 서성이는 창녀들을 찾아가는 걸 더 좋아하니까. 너는 네 부모의 판박이가 될 거고, 살아 있는 클리셰가 될 거야.

아니, 그렇지 않아…… 넌 내 말처럼 네 인생이 무난하게 끝날 거라고 생각하니?

그건 야무진 꿈이야, 앙드레아. 그러면 너무 쉽지. 부르주아의 이상적 삶은 너에겐 아직 과분해. 넌 그럴 능력조차 없어. 넌 모든 걸 망치고 있어, 앙드레아. 네 이름도 실패작, 너의 캐리커처이지. 지금 너는 모든 걸 가졌지만, 아무것도 아닌 불쌍한 남자의 캐리커처일 뿐이야.

육 개월이 지날 무렵, 넌 나에게 귀찮은 존재가 되기 시작했어. 내가 왜 아무 말 없이 떠난 거 같아? 모든 게 끝났다는 걸 어떻게 말해야 할지 몰랐기 때문이야. 나는 네가 나한테 남아달라고 애원하며 매달리길 원하지 않았어. 나에 대한 동정심에 남아

달라고 하는 네 모습을 차마 보고 싶지 않았던 거야. 그래서 말 없이 떠났어. 그게 가장 깔끔한 방법이니까. 그런데 넌 그 보잘 것없는 감정조차 한결같은 마음으로 지키지 못했어. 최악은 바로 그거였지. 넌 한 달도 안 돼 그 창녀 같은 애랑 어울리기 시작했잖아? 내가 떠난 뒤 내 자동응답기에 가득 차도록 남겼던 너의 그 절망적인 메시지, '돌아와!'를 넌 그새 다 잊었던 거야!

그래, 이젠 만족스럽겠지. 아주 재주를 부려라. 뭐, 사랑에 빠졌다고? 파리 전체의 조롱거리가 된 네 멍청한 여자 친구가 밤비 시트를 덮고 네 꿈을 꾸며 자는 동안, 넌 매주 파리 외곽에 사는 천박한 여자애 열 명이랑 놀아나잖아. 요즘 아침부터 저녁까지 마약에 취해 살지 않니? 그렇게 모든 걸 자제할 줄 알던 네가 말이야…… 그러면서 자신을 매력적인 여자애랑 아름다운 사랑을 하고 있는 안정된 남자라고 말하는 거니, 지금? 너와 나, 우리 둘은 아주 잘 알잖아? 그게 다 거짓말이라는 걸. 네가 안정된 남자라고? 너 다시 봤야겠는데, 의외의 발견이야, 정말 우스워!

또, 네 한심한 인생에 뭐 새로운 게 있겠니? 네가 사는 오늘은 어제보다 더 우울하고, 내일보다 덜 우울하지. 네 삶은 그렇게 늘 우울하고 의욕이 없어. 낮에는 하루 종일 자고 밤에는 아무것도 안 하고 쓸데없이 시간만 보내. 너는 마약에 취한 머리로 네 운명을 나름 잘 피해가고 있다고 생각할 거야. 나이트클럽에는 가지도 못하고 얼굴엔 여드름이 잔뜩 난 채 HEC* 진학을 준비하는 부잣집 아들의 운명. 하지만 그렇지 않아. 너는 네 진짜 운명의 한가운데에 있어, 불쌍한 저능아, 너는 네 운명에 갇혀 있다구, 운명 속에, 실패한 운명 속에!

한심하기 짝이 없는 앙드레아는 허세를 부리는 인간이지. 그 빌어먹을 포르셰를 타고 시속 이백 킬로로 달리면서 운명을 추월하고 있다고 생각해. 한 치의 의심도 없이 믿고 있지. 그래서 매일 조금씩 그 실존적 망상에 심각하게 빠져드는 거야. 그런데 자기, 숙명은 GT3보다 더 빨리 달린다는 거 알아?

그 이름은 또 얼마나 우스운지! 앙드레아 디 산세베리니, 근친교배로 퇴화한 명문 귀족의 후예, 쇠락한 엘리트. 엄마는 마약중독, 아빠는 플레이보이, 아들은 백치. 이 쓰레기 더미에서 벗어날 가능성이 있는 사람은 오직 가브리엘뿐이지.

이것 말고도, 앙드레아는 남녀 친구들도 여럿 있고 열정도 있지. 먼저 그의 친구들이란 마약 딜러와 창녀를 말하는 거야. 이들은 그에게 그의 열정을 만족시킬 만한 무언가를 제공해. 물질적 보수를 받고서. 앙드레아는 애인도 있어. 이름은 디안. 금발에다 늘 뒤통수를 맞는 배신당한 애인이지. 앙드레아에게 야망

---

*프랑스의 명문 경영 대학원.

이 있다면, 나이트클럽 퀸을 사들여 아예 거기서 사는 거야. 앙드레아의 재정 규모는 매달 삼만 프랑 정도. 코카인을 사기 위해 아버지를 공갈 협박해 뜯어내는 돈이지. 전에 한 말을 참조하면 이해가 더 빠를 거야. 만일 앙드레아의 아버지가 그처럼 불량품을 낳은 것에 부아가 치밀어 그의 생활비를 끊고 더이상 그의 쓸데없는 활동을 보장해주지 않으려고 하면, 앙드레아는 사치스런 취향을 희생하기보다는 자신의 라이오스*를 희생시키는 쪽을 택할 거야. 그래서— 경우에 따라서는 특별한 일도 맡아 대신 해주는— 딜러를 시켜 자신에게 생명을 준 자를 제거하겠지. 이렇게 해서 앙드레아는 부자가 되겠지만, 여생 내내 번민에 시달릴 거야. 에리니에스**가 그를 절대 놓아주지 않을 테니까. 결국 그는 신경안정제 렉소밀을 입이 미어져라 처넣거나 면도칼로 손목을 긋거나 사냥총으로 골통을 박살내려 할 거야…… 하지만 이런 자살 시도마저 불발로 끝나버릴걸. 왜냐하면 그는 처음부터 모든 게 불발로 끝난 인생이었으니까. 총알이 빗나가 목숨은 건지겠지만, 식물인간처럼 살다가 아메리칸 병원***에서 생을 마치게 될 거야. 디안은 수녀가 되기 위해 성 우르술라 수녀원에

---

* 오이디푸스의 아버지.
** 그리스 신화에 나오는 복수의 여신들. 특히 근친 살해에 복수를 가한다.
*** 파리 외곽의 비영리 병원.

들어가기 전에 초콜릿 한 상자를 들고 병원에 있는 그를 방문하겠지…… 그리고 그의 묘비에는 이런 문구가 적힐 거야. 여기 '달콤하고 명예로운'* 인생을 살았던 한 남자가 잠들다. 자, 좋은 밤 되길. 이제 꺼져버려!"

그는 눈썹 하나 까딱하지 않았다. 내 입에서 나온 모든 말들이 부메랑처럼 돌아와 내 심장을 때렸다. 그는 떠났고 내 얼굴은 핏기 없이 창백해졌다.

그다음 날 그는 비행기를 타고 몰디브로 갔다. 애인과 함께. 그들은 거기서 열흘 동안 사랑과 태양을 즐긴 뒤 지난 주 목요일에 돌아왔다. 나에게 그 열흘은 감금의 시간, 비속한 우울과 죽음의 시간이었다.

네 공격은 비열했어. 물에 빠진 이에게 주먹질하는 것과 같았다구…… 자신이 다쳐 아프다고 친구들까지 다치게 하려 모래사장에 밀어버리는 꼬마아이 같아.

토요일 저녁이다. 나는 지난 이 주 동안 외출하지 않았다. 그 없이 혼자 사람들과 마주치는 게 두려웠다. 외출한다 해도 그녀

---

* Dulce et Decorum. 고대 로마의 시인 호라티우스의 시 구절로, '조국을 위해 죽는 것은 달콤하고 명예롭도다'에서 나온 말이다.

와 함께 있는 그와 만나지 않으리라는 건 잘 안다. 그녀는 외출하지 않는다. '그건 좋지 않다구.' 그는 혼자 외출해 그녀를 배신하고 창녀들과 어울릴 테니. 그런데 그녀가 모르는 게 있다. 그가 그녀와 사귀며 배신하는 상대가 바로 나라는 것.

오늘 밤에도 나는 외출하지 않을 것이다. 날 바라보는 그의 무관심한 시선을 느끼게 될까 두렵다. 나는 문을 열어 실내를 환기시켰다. 신선한 공기가 밀고 들어와 거실의 담배 연기를 몰아냈다. 그러나 내 우울한 생각들은 몰아내지 못한다.

클로에는 병원에 있다. 낙태 수술을 받고서. 카상드르의 아버지는 무기 밀매로 경찰에게 쫓기고 있다. 그는 전용 제트기를 타고 야반도주했다. 카상드르는 파리에 남아 코스트 호텔에서 일하며 생활비를 벌고, 파티앙네 집에서 창녀 노릇을 하며 허황된 생활을 유지할 돈을 충당하고 있다. 가장 최근에 들은 소식은 그녀가 시빌의 아버지를 확실하게 따먹었다는 것이다. 한편 시빌은 자살을 시도했다. 그녀가 어머니로부터 받은 수백만 프랑의 유산을 비토리오가 들고 날랐기 때문이다. 그녀는 더이상 견딜 수가 없었던 것이다.

아무래도 잠들지 못할 것 같다.

나는 오디오를 켰다……

시간이 흐르면…… 시간이 흐르면 모두 사라지리……
그 모습도 잊히고, 목소리마저 잊혀가리,
심장이 더욱 빠르게 뛸 때, 더 멀리 찾으려 하지 말고
그저 흐르는 대로 두는 것이 가장 좋다네……
시간이 흐르면…… 시간이 흐르면 모두 사라지리……
사랑스럽던 모습도, 빗속에서 찾아 헤매던 모습도
눈빛만으로도 알아볼 수 있던 모습도
가식적인 단어와 문장 사이로,
밤을 지새게 하던 헛된 맹세의 짓눌림 아래로
시간이 흐르면…… 모두 사라지리……

나는 술집 칼라바도스를 기억한다. 그땐 최고의 순간이 오기 전이었다…… 나를 바라보던 그의 눈빛과 연주자들의 얼굴을 기억한다. 또한 내가 도망쳤던 것도 기억한다.

내 안에서 무언가가 폭발했다. 나는 침대 시트를 움켜쥐고 몸을 일으켰다. 그리고 안에서 나오는 대로 아무 말이나 지껄이며 울부짖었다. 목소리가 쩍쩍 갈라졌다…… 내 잘못이다. 나는 우리가 서로를 망가뜨리고 있다는 핑계를 대며 관계를 끝내고 싶어했다. 우리 관계를 실패로 끝장낸 장본인은 나다. 나 자신의 불행을 자초한 것이다.

끝났다.

그는 어떤 불쌍한 여자애와 붙어 지낸다. 나는 토요일 저녁에도 바보처럼 집에 있다. 나가고 싶은 맘조차 없다. 이제 그런 데 흥미가 없다. 아무도 보고 싶지 않고, 오로지 그만 보고 싶다. 나에겐 그가 필요하다.

그런데 무엇 때문에 그에게 모든 걸 고백하러 가지 못하는 걸까? 왜 내가 떠난 진짜 이유를 말하지 못하는 걸까? 지난번 그를 만났을 때 나는 있는 대로 악담을 퍼부어댔다. 불행했고, 질투심에 불탔고, 어찌해야 할지 몰랐기 때문에. 그를 향한 모든 비난은 또한 나를 향한 것이기도 했다. 우리는 우리의 삶을 함께 망치고 있었다.

널 사랑해, 이게 전부다. 아무것도 아니다. 그런데도 나는 한 번도 그에게 말한 적이 없었다.

만일 그가 차가운 태도로 날 뿌리치며 꺼지라고 한다면? 어쩔 수 없지 뭐. 그러면 적어도 마음은 정리할 수 있을 것이다.

나는 오후에 산 옷을 입었다. 거기에 그가 선물한 벨트를 했다. 젖은 머리가 꼬불거리기 시작했지만, 한가하게 드라이를 하고 있을 때가 아니었다. 나는 루이뷔통 백에 들어 있던 소지품을 새로 산 크리스티앙 디오르 백에 옮겨 담고는 달려 나갔다. 나가기 전에 현관에 걸린 커다란 거울 앞에 서서 잠시 거울을 들여다보았다…… 이따 집으로 돌아와 다시 이 거울 앞에 서면, 나는 알게 되겠지.

나는 택시 정류장으로 달려갔다. 여느 때처럼 집에서 택시를 부르고 칠 분 동안 목 빠지게 기다리며 앉아 있고 싶지 않았다. 나는 달렸다. 구두의 금속 굽이 아스팔트에 부딪혀 딱딱 소리를 냈다.

밤 열두시 반이다. 아직 그가 집에 있을 시간이다. 그는 늘 친구들을 먼저 보내 자질구레한 일을 해놓으라고 시킨다. 자정까지 테이블을 맡아놓으라고 말이다. 그리고 그들이 임무를 완수했을 즈음, 그러니까 새벽 한두시쯤에 그들을 만나러 나간다.

"포슈 거리요, 에투알 광장까지 가주세요."

건물 로비, 엘리베이터, 복도, 그의 아파트 문…… 속죄, 사죄, 터널의 끝…… 나는 열에 들떠 초인종을 눌렀다. 문이 열리지 않았다. 아무도 없었다. 흥분으로 달아올랐던 열기가 급속도로 식었다. 내 꼴이 참 비참했다. 갑작스레 일어났던 사랑의 물결은 다시 한번 닫힌 문 앞에서 부서지고 말았다.

그는 집에 없다. 그렇다면 분명 밖에서 저녁식사를 하고 있을 것이다. 하지만 이 상태로 파리에 있는 모든 레스토랑을 뒤지고 다닐 수는 없다. 카바레에 가서 그를 기다려야겠다.

나는 샹젤리제를 따라 걸었다. 아주 빠른 걸음으로, 하이힐을 신고 거의 뛰다시피. 그리고 택시 정류장에 줄 서 있는 사람들을 무시하고 새치기를 했다. 택시는 콩코르드 광장을 향해 달렸다. 포부르 생토노레 거리가 영원히 끝나지 않을 것처럼 길게 느껴졌다. 코스트 호텔 앞을 살폈지만 그의 차는 없었다. 나는 담배에 불을 붙였다가 곧장 창밖으로 집어던졌다. 마침내 팔레 루아얄 광장에 도착했다. 나는 택시에서 내려 주차된 차들을 하나나 살피기 시작했다. 포르셰 여러 대가 들쭉날쭉 제멋대로 서 있고, 페라리 두 대와 스위스 번호판을 단 마라넬로, 독일 번호판을 단 파란색 모데나 스파이더에 빅토리아의 아우디 TT도 보였다. 검은색 포르셰를 좀더 살펴보자…… 750NLY75. 그가 있다. 나는 그 소굴로 기어 들어갔다.

11

내 이름은 앙드레아, 파리 16구에 살고 있다.

나는 그럭저럭 행복한 편이다.

나는 모든 걸 가진 것 같다. 즉 젊고 잘생기고 부자다. 분명 모든 국민이 날 부러워하고 내 자리에 있었으면 할 것이다.

그렇다. 단 한 가지만 빼면 난 행복한 편이다.

나는 젊고 잘생기고 부자다. 그리고 명철하다.

그 작은 세부 사항이 모든 것을 파괴하고 있다.

내 삶은 호화롭고 평온하고 향락적일 뿐이다. 나는 시가 육백만 프랑 정도 하는 아파트와 꿈의 자동차(요컨대 당신들이 꿈꾸는 자동차) 한 대가 있고, 마돈나보다 더 옷이 많다. 또 거장들의 그림과 이천 장 정도 되는 CD, 아메리칸 익스프레스 플래티넘 카드가 있다. 나는 리츠 호텔 헬스클럽에서 운동을 하고, 집에서는 거의 저녁식사를 하지 않는다. 나는 스물두 살이다.

나는 파리 16구, 포슈 거리에 있는 아파트에 산다. 크기는 이백 제곱미터로 마루 바닥과 쇠시리 장식으로 꾸며져 있고, 벽난로가 있다. 그리고 천장이 높아 꽤 운치가 있다. 사방 벽에는 경매시장에서 직접 구입한 앤디 워홀의 데생과 저주받은 예술가들의 천재적인 그림을 비롯한 거장들의 그림이 걸려 있다. 천장에는 크리스털 샹들리에가 매달려 있는데, 우리 가문이 사백 년 동안 살았던 토스카나 양식의 대저택을 나올 때 가지고 나온 유일무이한 물건이다.

나는 아파트 내부의 벽 몇 개를 터 넓게 개조했다. 훤히 뚫린 이 공간에는 마치 버려진 듯 여기저기 가구들이 놓여 있다. 그랜드피아노, 크놀 식탁, 뱅 앤 올룹슨 텔레비전, 소파, 안락의자, 콘란에서 구입한 낮은 탁자와 콜레트에서 산 재떨이. 또 벽면이 거울로 된 다른 공간에는 킹사이즈 침대와 뉴욕의 야경 사진, 유리로 만든 월풀 욕조가 있다.

내 차는 등록 번호가 750NLY75인 포르셰 GT3이다. 신발은 베를루티에서 맞춤 주문해 신고, 옷은 항상 유명 디자이너의 청바지나 이만오천 프랑짜리 슈트를 입는다. 그리고 70년대 스타일의 레이밴 선글라스 없이는 외출하지 않는다. 내 머리는 늘 헝클어져 있다. 나는 예술가다. 그리고 내 작품은 바로 나다.

나라는 사람과 내 집, 내 차, 내가 사는 방식, 그리고 내 행동은 모두 특별하다. 나는 어떤 것도 남들과 똑같이 하지 않고, 하더라도 언제나 더 잘한다.

나는 매일 정오에 일어나 포르셰를 몰고 당신들은 알지 못하는 이런저런 곳에 가서 점심식사를 한다. 그리고 리츠 호텔에 가서 수영을 하거나 쇼핑을 한다. 아니면 경매시장을 가거나 아버지 사무실에 간다. 그런 뒤 집으로 돌아와 책을 읽거나 영화를 한 편 보고, 다시 나간다.

나는 매일 저녁 외출한다. 이것이 나의 유일한 약점이다. 나는 하루도 그냥 집에 있을 수가 없다. 이렇게 된 지 팔 년 째다. 다른 이들과 마찬가지로 나의 밤 외출도 나이트클럽 플랑슈에서 시작되었다. 그곳을 생각하면 잊지 못할 추억이 떠오른다. 내가 처음으로 돌체 앤 가바나 슈트를 입고 간 곳이기 때문이다. 내 나이 열넷이었다. 그때 나는 그 유명한 파리의 밤이라고 믿었던 것을 발견했다. 컬 진 머리의 질베르 몽타네, 랄프 로렌 셔츠를 입은 파리 전체, 위스키와 그 위력, 응석받이 행운아들의 클럽, 또 '위스키 회사 커티삭과 잭 대니얼스에서 모자와 컵을 사은품으로 주는 오픈 바 기간 동안 폭설을 맞으며 넥타이 경연대회 하기, 여자한테 작업 걸기'와 같이 주제가 있는 밤들. 그렇지만 한마디로 이 모든 건 별 볼 일 없었다! 하지만 자선기금을 마련할 때는 나 자신이 토니 몬태나*가 된 것 같았다. 또 꼬맹이인 주제에 술값을 지불하러 갈 때는 아버지의 굵은 시가를 입에 물고 갔다. 나는 나를 경계하는 좋은 집안 출신의 예쁘고 귀여운 여자들을 수없이 유혹하고 따먹었다. 그렇다, 따먹었다. 그때는 여자를 쫓아다니고, 유혹하고, 키스하고, 사랑을 나누는 것을 '섹스하다(choper)'의 베를랑**인 '따먹는다(pecho)'라고 했다. 이건 신조어다. 더 고약한 것은 이것이 동사 변화만큼이나 다양하게 활용된다는 것이다. 그래서 나는 귀여운 마샤(마리 샤를로트), 안세(안 세실), 프리스(프리실라)도 따먹었다. 그 계집애들 중에는 참 한심한 애들도 있었는데, 말을 나눈 지 십 분도 안 돼 남녀 공용 화장실로 쫓아와 나에게 펠라티오를 해주었다. 그리고 곧 비참하게 훌쩍였다. 나는 더이상 그녀들을 원하지 않는데 그녀들은 나를 사랑하게 되었으니까.

나는 그녀들의 싱싱한 육체에도 싫증이 났고, 허접스러운 프

---

* 영화 〈스카페이스〉에서 알 파치노가 연기한 인물.
** 단어의 음절을 뒤집어 은어를 만드는 것. 카페(café)를 페카(féca)로 부르는 것이 한 예이다.

랑스 상송도 지겨워졌고, 무엇보다 플랑슈의 사장이 짜증났다. 그는 내 이름을 작은 금도금 판에 새겨 클럽 입구의 우수 고객 게시판에 매달고 싶어했다. 내 성이 귀족 출신임을 보여주기 때문이다. 나는 그런 미치광이가 운영하는 나이트클럽은 좋은 클럽이 될 리 없다는 생각에 그의 제안을 사양했다.

뿐만 아니라 내 친구들도 나도 다 커서 이제 성년이 되었다. 우리는 학생 손님들이 졸업장을 따고 파리를 떠나버리는 6월 중순이면 텅 비는 나이트클럽에서 더이상 시간을 낭비할 필요가 없다고 생각했다.

그러기엔 우리는 너무 늙었다. 이 장소에서 우리는 물속의 물고기처럼 편안해했으며, 그곳이 이제 우리에게 아무런 흥미를 주지 못한다는 사실을 인정할 수밖에 없었다…… 수족관의 물이 다 빠진 것 같았다. 그래서 우리는 진짜 나이트클럽 반열에 드는 곳들을 드나들기 시작했다. 거기 가니 우리가 다 큰 어른처럼 느껴졌다. 다 컸다고? 사람들은 우리를 신기한 동물 보듯 뚫어져라 쳐다봤다. 그들은 처음엔 우리가 너무 어려서 놀랐고, 그다음엔 너무 거만해서 놀랐다. 하지만 돈으로 안 열리는 문은 없다. 지금 우리는 이 자칭 상류 나이트클럽의 단골손님들을 속속들이 꿰고 있다. 이 클럽에는 없는 사람이 없다. 발자크가 쓴 〈인간 희극〉의 리메이크 같다. 사십 제곱미터 아파트에 살며 월급을 술값으로 탕진하는 중산층의 공무원, 제트족을 노리는 교묘하게 위장한 비서와 미용사, 프랑스 랩 음악을 따라 한 조악한 동영상으로 밑바닥 생활에서 구제된, 복수심에 가득 찬 파리 외곽 지역의 젊은이들(이들이 황금 음반계를 타락시키고 있다. '믿을 수 없어요. 바르클레 앤 폴리그람*에 감사드립니다'). 이곳에 함께 있는 것이 이들에게는 신분 상승이지만 우리에게는 품격 떨어지는 일이다. 우리의 성(姓)은 그 자체로 돈이 되며, 우리는 어디서나 기분 좋게 VIP석에 앉는다. 전체 인구의 0.01퍼센트에 속하는 우리는 일요일 저녁 프로그램 〈카피탈〉의 주요 시청자인 오십대 미만 주부들을 질질 침 흘리게 하는 자들이다. 우리는 사람들을 거만하게 훑어보고, 또 훑어보고, 자아도취에 빠진다. 보드카에 잔뜩 취해 머리끝까지 우월감이 가득 찬 우리는 세상의 왕들, 스프라이트 광고에 나오는 멋지고 잘생긴, 모두가 선망하는 최고의 남자가 된다.

전체 사회에서 우리는 소수이지만, 스스로는 다수라고 느낀다. 그 까닭은 저 아래 세상에선 무슨 일이 일어나는지 모르기 때문이다. 우리는 당신들이 출근하기 위해 일어나는 시간에 잠자리에 든다. 잔뜩 취한 채 하룻밤에 당신의 일주일 식비, 아니

---

* 프랑스의 유명 음반 회사.

한 달 집세, 아니 더 나아가 한 달 월급에 해당하는 돈을 썼다고 흐뭇해하면서. 더 기가 막힌 건 이런 일이 일상다반사로 내일도, 모레도, 싫증날 때까지 매일 반복된다는 사실이다.

이런 말을 들으니 짜증난다고? 거 잘됐군. 사실 그러라고 한 말이거든.

나는 한심한 바보다. 스물두 살이라는 젊은 나이에 수백만 프랑이 있다고 거만하게 구는 비열한 머저리다. 나의 관심은 당신을 포함해 모든 사람을 괴롭히는 데 있다.

왜냐하면 이런 괴롭힘이야말로 권태를 잊게 해주는 만병통치약이자 해결책이기 때문이다. 사람들을 신경질나게 하고, 짜증나게 하고, 화나게 하는 것. 특히 위선자, 낙오자, 너그럽지 못한 자, 공연히 거드름 피우는 자, 이웃, 부르주아, 구두쇠, 거짓말쟁이, 구제불능의 보잘것없는 자, 신용카드로 비싼 자동차를 사는 자, 정치를 논하는 자, 올라타지 못한 여자를 창녀라고 부르는 자, 읽지도 않은 책을 비평하는 자, 자기 교회만을 찬양하는 자, 종업원 얼굴에 지폐를 흔들어대는 자, 돈을 싫어하는 자 등등 나의 대상이 되는 덜떨어진 인간을 언급하자면 끝도 없겠지만 이 정도에서 그치겠다.

나에게는 내 생활을 가능케 해주는 확실한 무기가 둘 있다. 하나는 내가 지닌, 이론의 여지 없는 신체적, 지적, 재정적, 사회적 우월성이다. 이것은 단번에 상대를 제압하고 어떤 공격에도 끄떡없이 버티게 해준다. 다른 하나는 누구도 개의치 않고 어떤 것도 창피해하지 않는 뻔뻔한 성격이다.

정말 유치한 짓이라고? 하지만 나에게도 나름의 이유가 있다.

나는 세상을 싫어하기 때문에 사람들을 괴롭힌다.

세상이 내가 원하는 세상과 닮지 않아서 싫다. 나는 이상주의자다. 내가 소중하게 여기는 가치, 즉 용기, 희생, 명예 같은 것은 이제 통용되지 않는 폐기물이 되었다. 나는 인생에서 더이상 존재하지 않는 대상을 쫓고 있다. 나의 조상들은 영웅이었지만, 나는 아버지의 후광을 입은 자식일 뿐이다. 난 이유 없는 반항으로 포르셰를 몰다 사고로 죽거나 마약 과다 복용으로 죽게 될 거다. 하지만 싸우다 죽고 싶다.

무엇과 싸운단 말인가? 신의 자리에 사회적 성공이 들어서고 구원이란 오로지 영화 속에만 존재하는 세상에서.

나는 마주치는 얼굴에서 반짝이는 시상을 찾거나 이야기 속에서 어떤 열정, 이념이 아닌 이상을 찾으려 애쓰지만 헛된 짓이다. 사람들은 이런 것들과는 거리가 멀다. 그저 변변치 못한 차림새로 쫓기듯 분주히 걷고 근심에 젖은 눈은 텅 비어 있다.

나는 이들을 위해 아무것도 할 수 없다. 그 누구를 위해서도 아무것도 할 수 없다.

파리의 모든 여자, 거의 사분의 삼에 해당하는 여자들이 나 때문에 미치려 한다. 내가 그녀들에게 눈길 한번 주지 않기 때문이다. 나머지 여자들로 말하자면, 내 관심을 사는 데 성공했다. 그들은 예쁘거나 태도가 불손하거나, 또는 소위 접근하기 힘든 타입이기 때문이다. 하지만 그들에게 내가 관심을 보이는 이유는 오직 그들을 불행하게 만들기 위해서다.

16구 여자애들은 모피 코트를 걸치고 카르티에 시계를 차고 별것도 아닌 일로 울고불고 난리를 치고 섹스할 때는 오르가슴을 느끼는 척한다. 또한 열네 살 때부터 나이트클럽을 드나들고 열다섯이면 마약을 하고 열여섯이 되면 펠라티오를 배운다. 열일곱 살에는 유명한 누구누구 아들한테 몸을 바치고 처음으로 성형수술을 한다(코, 가슴 성형, 지방 흡입 수술). 엘렉트라콤플렉스와 과잉 자아의식이 있고 한심한 음악을 들으며, 모두 똑같은 백을 사고 하나같이 부모님을 싫어한다. 주간지 〈부아시〉를 보며 읽기 훈련을 하고 평민들과는 절대로 어울리지 않고 하루 종일 친구들을 맹렬히 헐뜯으며 결코 생각이라는 걸 하지 않는다.

그들은 자신과 애완견 요크셔테리어를 제외하면 돈을 제일 좋아한다.

그들의 맑은 눈은 외부 장벽을 뚫고 당신의 신발과 시계를 분석하고, 등을 어루만지는 척하며 당신의 옷을 뒤집어 상표를 알아내고, 신용카드 색깔을 곁눈질하고, 지갑 두께가 어느 정도인지, 포르셰 모델이 무엇인지, 나이트클럽에서 어디에 앉는지, 무엇을 먹고 마시는지, 주차요원에게 팁을 얼마나 주는지 살핀다. 그들은 당신의 성을 알고 당신 아버지가 무슨 일을 하며 한 달에 얼마를 벌고 당신에게 얼마를 주는지 다 안다……

16구의 그들은 모두 창녀다. 나를 위해선 잘된 일이다.

나는 세계 챔피언이다. 모든 한심한 여자들이 꿈꾸는, 파리에서 가장 잘생기고 가장 상큼한 남자, 어떤 여자도 가져본 적이 없고 앞으로도 결코 가지지 못할 남자다.

나는 모든 여자와 섹스할 수도 있다. 하지만 흥미 없다. 그저 여자들의 신경을 자극하고 장난치고 싶을 뿐이다. 그들을 신경질나게 하고 고문해서 결국 폭발하게 만드는 것, 그것이 나의 즐거움이다.

나는 한심한 여자들을 다루는 나름의 방식을 터득했다. 그런데 심각한 문제는 여자들이 나에게 모욕을 당한 뒤에도 다시 모욕받길 원한다는 것이다. 그들은 끊임없이 전화해서 날 괴롭히며, 커피 한잔 또는 술 한잔 같이하자고 애걸한다. 나와 대화하길 무지하게 원하기 때문이다. 그녀들은 다른 사람들이 보는 앞에서 내게 히스테리를 부리고, 자신은 날 사랑하는데 내가 왜 그런 짓을 저지르는지 이해할 수 없다고 떠벌리고 싶어하는 것이다.

가장 웃기는 건 그들 모두가 결국에는 내가 그들을 너무 존중해서 섹스를 하려 들지 않는다는 망상에 빠진다는 것이다.

나는 오로지 창녀하고만 섹스를 한다. 완성도가 높은 작업이 좋으니까.

그렇다. 나는 오로지 창녀하고만 섹스를 했다. 그녀를 만나기 전까지는……

나는 거실에 어두운 밤을 마주하고 앉아 있다. 서서히 네온사인이 켜지는 도시 풍경을 바라보며 보드카 토닉을 마신다. 그리고 헬을 생각한다.

나는 이전에 사람들이 헬에 대해 말하는 걸 가끔 들었다. 그들이 말하는 헬은 저마다 다르고 매우 모순적이었지만, 왠지 모르게 그녀에게 끌렸다. 어떤 친구는 그녀가 어리석고 엉뚱한 바보라고 했고, 어떤 친구는 대단히 똑똑하다고 칭찬했다. 또 정신요양원에 자주 머문다는 소문도 있었지만, 나중에 잘못된 소문임을 알게 되었다. 주로 화제가 되는 건 사람들을 깜짝 놀라게 하는 그녀의 행동과 도발적인 발언, 그리고 가공할 만한 고약한 성격이었다. 어쨌든 두 가지에 있어서는 모두가 의견 일치를 보았다. 즉 그녀가 아름답다는 것과 제정신이 아니라는 것.

나는 쇼핑을 하다 우연히 그녀를 만났다. 그녀는 베이비 디오르 매장 앞에서 울고 있었다. 그때 그녀가 왜 울었는지는 그후에도 결코 알 수 없었다. 온통 검은색 옷을 입은 그녀는 싱그러운 아름다움이 돋보였다. 이날 본 그녀의 시선은 두 달 동안 내 머릿속을 떠나지 않았다. 그러나 난 그녀를 다시 만나려고 굳이 노력하지도 않았고 우연한 만남을 만들려고 애쓰지도 않았다. 그러던 어느 일요일 밤, 자정에 우연히 다시 마주쳤다. 나는 그녀를 칼라바도스로 데려가 저녁을 샀고, 그녀는 레오 페레의 노래를 불렀다. 마치 내 눈을 읽고 있는 것처럼 바라보며 레오 페레의 떠나간 사랑에 관한 노래를 불렀던 것이다.

그날 이후 나는 완전히 무너져내렸고 그녀에게 집착하기 시작했다. 자신이 아닌 다른 누군가에게 종속되어 마음이 흔들리고 번민에 빠져드는 것. 내가 가장 두려워했던 일이다.

그때까지 나는 타인에게 반감 사는 일을 태연스레 저지르며 시간을 보냈다. 사랑하는 상대에게 사랑받지 못하는 상황에 처하지 않기 위해서였다. 나는 의도적으로 혐오스러운 인간으로 행세하며 자신을 통제해왔다. 사람들이 날 미워했던 것은 내가 그렇게 되도록 행동했기 때문이다.

헬은 나를 정복했다. 하지만 그녀에게 그런 의도는 없었던 것 같다. 그녀는 오히려 나로부터 도망치고 싶어했다. 나와 같은 이유에서. 내가 그녀를 두려워하는 것처럼 그녀도 나를 두려워했던 것이다. 하지만 이미 너무 늦었다.

나는 그녀를 위해 이벤트를 준비했다. 제트기, 요트, 카지노, 밀라노, 도빌, 모나코. 나는 나에 대한 나쁜 평판이 쫙 깔려 있는 파리에서 그녀를 빼냈다(그때만큼 내 평판이 후회스러웠던 적이 없다). 그리고 그녀를 함정에 빠트리려는 게 아니라는 것을 증명하기 위해 여러 가지 놀라운 일을 준비했다.

마침내 그녀는 꺾이고 말았다. 그날 저녁, 우리는 루브르 박물관 근처 카루젤 공원에서 얼마나 오랫동안 입맞춤을 나누었던가? 육 개월 동안 우리는 완벽한 시간을 보냈다. 나는 행복했다. 그 시간에 대해, 지금은 생각만 해도 힘든 그때의 추억에 대해 난 아무런 할 말이 없다. 그때는 오로지 그녀와 나만 있었다. 그게 전부였다. 어느 날 저녁, 우리는 외출을 했고, 그녀는 예전에 홀렸던 악마에게 다시 붙들렸다. 이때부터 모든 게 흔들렸다. 우리는 지저분하고 음침한 곳만 찾아 돌아다니기 시작했다. 그런 장소들이 그녀를 유혹했고, 슬픔에 빠트렸다. 그곳에서 다시 나올 때면 그녀는 만족을 느끼는 동시에 치명적인 상처를 받았다. 그녀는 자신을 더럽히고 싶어했다. 스스로를 학대하며 점차 시들어갔다. 그러면서 점점 더 그 몹쓸 물건들에 손을 댔고 나 역시도 그것을 가까이하기 시작했다. 그녀와 멀어지고 싶지 않았기 때문이다. 뿐만 아니라 우리가 찾아가는 장소와 마시는 모든 것을 견뎌내기 위해 그것이 필요하기도 했다. 나는 천천히 무너져갔다. 하지만 그녀를 결코 포기할 수는 없었다. 사랑했으니까.

그런데 그녀가 떠났다.

육 개월간의 행복⋯⋯ 그리고 서서히 이루어지던 전락⋯⋯ 언젠가 우리는 게임판 앞에 혼자 있는 자신을 발견한다. 상대방은 이미 카드 패를 거둬들이고 자기 공을 챙겨 가버렸다. 그런데 당신은 바보처럼, 끝나지 않은 게임 앞에 남아 있다⋯⋯ 떠나버린 사람을 기다리면서. 당신이 할 수 있는 것이라곤 기다리는 것밖에 없으니까. 기다리기를 그만두는 것, 그것은 끝을 뜻한다.

당신은 그녀가 다시 돌아와 패를 던지길 헛되이 기다리고 있다. 아직 보여주지 않은 으뜸 패를 갖고 있다고, 그것이 판세를 바꿔줄 거라고 생각한다.

그러나 당신은 졌다.

나, 나는 졌다.

아니, 길을 잃었다.

지금도 나는 그녀를 사랑한다⋯⋯ 언제든, 어느 상황에서든 그녀를 죽도록 사랑한다. 그녀가 잠잘 때든, 우울증에 빠져 있을 때든 언제든 그녀를 사랑한다. 그녀가 마약에 취해 멍한 표정으로, 완전히 망가진 모습으로 있을 때도 사랑한다. 어떻게 그럴 수 있는지 모르겠지만, 그녀는 가장 망가진 최악의 상황에서도 순수한 모습을 간직하고 있다. 나는 그런 그녀 앞에서 무릎을 꿇고 싶었다.

네 달이 지난 뒤 모든 게 끝났다. 아무런 소식이 없었다.

이후 나는 매일 밤 외출했다. 더이상 아무것도 억제하지 않았고 그 어느 때보다도 마약에 취해 살았다. 뭘 하고 있는 건지 신경도 안 썼다. 그러다 한 바보 같은 여자애, 금발 여자애와 어울리게 되었다. 난 사실 금발을 싫어한다. 그녀는 분별 있고 남들 앞에 나서지 않는, 언제나 우아한 미소를 띠고 있는 평범한 여자 가운데 하나다. 헬과는 정반대이다. 나는 그녀와 한 달에 한 번 정도 섹스를 한다. 그녀에 대해 아는 건 겨우 이름 정도다.

디안. 나머진 관심 없다.

그럼에도 난 그녀와의 관계를 떠벌리며 소문을 내고 그녀에게 엄청나게 비싼 선물을 갖다바쳤다. 모두가 날 미친놈 취급했다.

이와는 별개로, 나는 그 어느 때보다 많은 창녀 같은 계집애들을 집으로 데려와 콘돔 없이 섹스를 하고 그녀들의 얼굴에 사정을 한 뒤 쫓아냈다.

한 달 전에 헬에게 다시 전화를 했다. 더이상 버틸 수 없었다.

나는 바캉스에서 돌아온 것을 핑계 삼아 어떻게 지내는지, 평범한 안부를 묻기 위한 것인 양 전화를 했다……

그녀는 눈부시게 아름답고, 동시에 무관심한 얼굴로 약속 장소에 나왔다. 그녀는 내 말을 거의 듣지도 않고 내가 말하는 동안 주변 사람들을 관찰하며 시간을 보냈다. 그리고 갑자기 무슨 생각이 들었는지 내 손목을 잡고 차를 세워둔 곳까지 끌고 갔다. 우리는 그녀의 집으로 갔다. 한순간 나는 가슴이 터질 듯 벅차올랐다. 이제 악몽은 끝났고 그녀를 더이상 놓치지 않을 거라 생각했다. 그런데 그녀는 괜찮아 보이지 않았다. 더이상 예전의 그녀가 아닌 것 같았고, 날 아프게 하고 싶어하는 듯했다.

난 그녀와 섹스를 했다. 그녀에게 사랑한다고 외치고 싶었는데, 정반대의 말이 나왔다. 이건 단지 정액을 빼내기 위한 섹스였다고 말한 것이다. 그리고 디안을 열렬히 사랑한다고, 그녀는 내 운명의 사랑이며 내 아이의 엄마가 될 거라고, 이 따위 한심한 말들을 지껄였다. 하지만 그녀는 얼굴색 하나 변하지 않았다.

내가 원하는 건 단 하나였다. 바로 그녀에게 상처를 주고 그녀의 눈에서 저 빌어먹을 눈물이 반짝거리는 걸 보는 것. 그녀가 소리를 지르고 울부짖으며 발작이라도 일으키길 기대했다. 그런데 그녀는 침착하게 자리에서 일어나 내 머리를 쓰다듬으며 내가 얼마나 보잘것없는 인간인지 하나하나 설명했다.

그리고 나는 그녀를 혼자 두고 나왔다.

그때 느꼈던 공허감을 설명할 수는 없을 것 같다. 그저 이후의 결과만이 있을 뿐이다. 나는 다시 바보 같은 삶으로 돌아갔다. 무력감. 과거에 대한 향수. 모든 걸 다시 시작한다면 실수를 피할 수 있을까? 그런데 실수란 대체 무엇인가? 모든 건 이렇게 허망하게 끝날 수밖에 없는 걸까? 이미 쓰인 것. 운명. 그리고 이 모든 멍청한 짓들. 조금만 움직여도 힘겹게 느껴진다. 내 시선은 땅바닥에 고정되어 있다. 만사에 무관심하고 상대를 미워한다. 기분 전환을 위해 거리를 돌아다니고 책을 읽고 영화를 본다. 한두 시간 정도 이런 유예의 시간을 가진 뒤엔 다시 나락으로 떨어진다. 파리 시내를 목적 없이 돌아다닌다. 변함없는 이 세계에는 수많은 싸구려 사랑이 숨어 있다. 이 우글거리는 삶이 역겹다. 우리…… 하지만, 어쩌면 어딘가에는 누군가 나 없이 살고 있는지도 모른다.

지금 이 순간의 공허, 그리고 나를 기다리는 모든 비어 있는 나날, 아무것도 중요하지 않다. 그런데 왜? 왜? 왜 사랑받지 못할 때는 더이상 아무것도 사랑하지 못하는 것일까?

더이상 깨어나지 않길 바라며 잠든다. 또는 깨어났을 때 그녀가 내 옆에 있어주길 바라며 잠든다.

조르주 만델 대로에서 나는 눈물을 흘렸다. 차에서 내려 몇 걸

음만 가면 바로 그녀의 집이다. 지난 마지막 밤...... 이미 과거가 되어버렸다. 그녀를 보았다. 여전히 아름답다는 건 우리의 관계가 완전히 끝났다는 뜻일까?

장소들이 싫다. 이 쾌락의 방은 아무도 살지 않는 곳처럼 황량하고 적의를 품은 곳이 되었다. 떠나야 한다. 정말 떠날 필요가 있다. 떠나고 싶은 맘이 없다 해도 떠나야 한다. 떠나야 하기 때문에 떠나야 한다. 헬이 더이상 나에게 속하지 않는 이상, 이 침대 또한 나에게 속하지 않는다. 더이상 견딜 수 없다. 그런데도 영혼 한구석에 웅크리고 있는 희망이 끈질기게 서서히 번져나간다. 짓눌러 없애보려 하지만 소용없다. 그래서 난 그것을 저주한다. 그것은 스스로 기울어 소멸해가면서도 마지막 순간까지 남아 있다. 작별의 순간까지, 떠나는 엘리베이터 안까지.

문을 나선다. 거리. 아무것도 없다.

공허.

나는 빈 잔을 테이블 위에 내려놓았다. 불 꺼진 에펠탑을 바라본다. 누군가 초인종을 눌렀다. 문을 열어주고 싶은 마음은 없다. 이제 밤 열두시 반이고, 난 변하지 않았다. 십 분 후에 카바레에 가기로 되어 있다.

나는 주차장으로 내려가 차를 타고 나이트클럽까지 쏜살같이 달려갔다.

클럽 안은 이미 초만원이었고 모두 곤드레만드레 취해 있었다. 나는 사람들을 뚫고 친구들이 있는 곳으로 갔다. 그리고 사람들이 뒤얽혀 혼잡하고 밀집된 공간에서 자리를 잡고 앉아 술을 한 잔 따라 마셨다. 인류 역사상 자기 몸에 스스로 채찍질하는 고행 말고, 인간이 이토록 열정적으로 자신에게 신체적 형벌을 가한 적이 있을까? 도대체 왜 그렇게 미친 듯이 흥분해 차를 몰고 달려와, 이 지하에서 장장 여섯 시간이나 쉬지 않고 몸을 흔들며 춤추고 싶은, 이 억누를 수 없는 욕구를 느끼게 되는 걸까? 왜 이 눈부신 조명 아래서, 또는 누추함을 가리는 어둠 속에서 소위 음악이라고 하는, 암페타민 약물을 복용해 몽롱해진 멍청이들에게나 배경 소음쯤으로 이용되는 이 견딜 수 없이 요란한 쿵쿵 소리를 들으며 얼빠진 얼굴로 미친 듯이 몸을 흔드는 걸까? 이곳의 사회적 규칙은 이렇다. 이 빌어먹을 곳에서는 술 한 병에 동네 슈퍼보다 스무 배에서 스물다섯 배 정도 비싼 값을 지불하고 손수건 한 장만 한 테이블에 앉는다. 테이블에 술잔들이 놓이고, 술잔 숫자만큼 지겨워 진저리치는 남자들이 의자에 앉는다. 그리고 이중 한 명이 술값을 치른다.

이 공간에서 개인의 최소 기본 공간은 술병 하나에 의해 규정된다. 이렇게.

초대받지 않은 누군가가 감히 그들의 테이블에 앉았을 때 그들이 드러내는 적의는 볼 만한 구경거리다. 게다가 그가 술병이라도 건들라치면 그들의 눈빛은 더욱 사나워진다. 오렌지 주스나 탄산음료를 섞은 보드카 칠백오십 밀리리터 한 병이 천이백 프랑이다. 이 한 병에서 스무 잔 정도 나오니까 한 잔이면 육십 프랑이다. 한 잔이 열 모금 정도 된다고 하면, 한 모금에 육 프랑이 되는 것이다…… 그러니 이 이상으로 흥청망청 낭비할 필요는 없다. 그렇지 않은가?

이곳에서 법칙은 법률과 같은 효력을 지닌 것을 준수하기만 하면 마음대로 변경할 수 있다. 그 법률이란 바로 돈을 지불하는 것이다. 들어가는 데 돈을 내고, 자리에 앉는 데 돈을 내고, 마실 때 돈 내고 섹스하는 데 돈 내고, 오줌 누는 데 돈 내고. 아, 정말이다. 당신은 돈을 내지 않으면 안 된다! 화장실 앞에 놓인 나무로 된 동전 그릇을 지나며 동전 한두 개로 대충 짤랑 소리를 낸다면 '마담 오줌'은 당신을 경멸스런 눈초리로 바라볼 것이다. 동전 몇 상팀을 던지며 돈 내는 척하지 마라. 이 동전들은 더 가볍고, 따라서 이것들이 내는 소리는 보다 날카롭다. 그리고 '마담 오줌'은 이십 년 동안 화장실 앞에 앉아서 세상에 존재하는 모든 동전과 그것이 부딪치며 내는 소리를 구분하고 식별할 수 있는 실력을 쌓았다. 당신이 만약 그런 일을 저지른다면, 그녀는 눈살을 찌푸리고 당신이 치사한 구두쇠라고 온 클럽에 소문을 퍼뜨릴 것이다. 더 심각한 건 당신이 조용히 변기 뚜껑 위에 코카인 가루를 쏟아놓고 줄 세우는 작업을 하고 있을 때 그녀가 클럽의 질서 유지를 위해 배치된 덩치 큰 남자를 부르러 갈 거라는 점이다. 당신이 들어가 있는 화장실 칸으로 다가가, 당신이 화장실 안에서 볼일은 보지 않고 딴짓 중이라는 걸 문 밑으로 당신 발의 위치를 보고 확인했기 때문이다.

따라서 세상에 공짜는 없다. 모든 건 돈을 필요로 한다. 늘씬한 금발 여자 하나가 자기 남자의 어깨 너머로 당신에게 미소를 짓고 있다. 그런데 그 빛나는 미소는 당신이 아니라 당신 앞에 놓인 얼음통 안의 커다란 금빛 크리스털 위스키 병을 향하고 있다. 알고 보니 거만하게 어깨에 힘을 준 그 남자는 그녀의 남자가 아니라 기둥서방이다. 그렇지만 어쨌든 당신 눈에는 그녀가 예뻐 보인다. 그녀에게 홀려 거의 환희의 절정에 다다를 정도다(당신은 이미 좀 취한 상태다)! 금발의 그녀는 당신에게 계속 미소를 보내고, 당신도 그녀에게 친절하게, 약간 찡그리듯 미소 지으며 잔을 내민다. 당신 맘 깊은 곳 어디선가는 그녀가 당신의 잔을 받아들이지 말길 바라겠지만, 당신은 벌써 그녀와 함께 퀘벡 몽모랑시 폭포 옆 하얗고 커다란 전원주택, 아이들이 재잘대고 털 날리는 개가 장식으로 있는 그런 집에서 사는 상상을 할 것이다. 그리고 그녀가 눈꺼풀을 깜박이며 당신이 내민 잔을 받아들이고, 결국에는 그녀와 당신 집으로 가 당신의 '총'을 쏠 수 있기를 간절히 바랄 것이다. 그녀가 정말로 당신의 잔을 받아들인다. 그러자 그녀의 기둥서방은 자리에서 물러나 다른 테이블로 가버리고, 그녀는 당신 테이블에 다가와 앉는다. 그다음은 이제 당신에게 달렸다.

나이트클럽은 세상을 한층 더 농축시켜 보여주는 곳이다. 이곳은 돈과 엉덩이의 상업주의를 바탕으로 더욱 저열하고 비열하게 돌아간다. 소파에 앉아 있는 내 시야엔 오로지 엉덩이만 들어온다. 창녀들의 엉덩이, 그건 그녀들의 여권이나 다름없다. 그리고 술값을 지불하는 커다란 엉덩이. 이들의 오른쪽 주머니는 두둑한 지갑으로 불룩 튀어나와 있다. 엉덩이, 돈, 엉덩이, 돈. 이들을 다발로 묶어버리고 싶은 충동이 인다.

주종 관계는 오늘날에도 존재한다. 오늘날의 세습귀족은 자기 수하의 평민들을 포르셰에 태워 끌고 다니며 레스토랑 디에프에서 밥값을 내주고, 나이트클럽 바플라이에서 유흥비를 지불해주며, 그들을 식객이라는 다정한 이름으로 부른다. 식객이란 주로 이런 자들이다. 싸구려 모델, 운 좋은 도시 외곽 출신, 무일푼 멋쟁이…… 밤의 세계의 찌꺼기, 이는 사실 그렇게 영광스런 위치가 아니다. 치사한 공생 관계다. 식객은 혼자 삶을 꾸려갈 수 없는 처지다. 그래서 남자든 여자든 같은 패거리의 지원을 받으며, 부자에 못생기고 성격이 괴팍한 남자 주변을 배회하며 살아간다. 이 못생긴 남자는 카리스마가 없어서 자신과 같은 부류의 사람들에게는 행사할 수 없었던 지배력을 휘두르며 만족해한다. 그는 밤부터 새벽까지 이들을 모욕하고 공격한다.

식객은 결코 자리에 앉아 있지 않고, 언제나 완벽하게 옷을 차려입는다는 사실로 쉽게 알아볼 수 있다. 하지만 일이 주 정도 유심히 살펴보면 그들이 옷을 갈아입지 않는다는 것을 발견할 것이다. 그들은 모든 나이트클럽을 알고(한 곳에 수동적으로 죽치고 있지 않는 게 낫다), 모든 창녀를 안다(같은 업종에 속하니까). 그리고 온몸에 땀을 뻘뻘 흘릴 정도로 항상 정신없이 바쁘다…… 그들은 온갖 역할을 혼자 다 한다. 마약 딜러나 삐끼로 일하기도 하고, 멍청한 여자애와 저녁식사 자리를 만들고 창녀와의 애프터를 주선하기도 한다. 같이 있어주는 것만으로는 충분하지 않다. 언제나 쓸모 있게 움직여야 한다. 이들이 밀려오는 돈의 물결 위에서 파도를 타며 흙탕물처럼 튀어오르는 돈을 잡으려 애쓴다는 것도 알 필요가 있다. 이들은 나이트클럽에서 잘난 척하며 남들을 거만하게 쳐다보지만, 마지막엔 초라한 방으로 돌아가 자리에 누워 천장의 갈라진 틈을 세며 잠들려 애쓴다. 하지만 엄청난 돈을 내고 코로 흡입한 것 때문에 쉽사리 잠들지도 못한다.

밤의 기적은 이들 중 하나가 부잣집 상속녀를 성공적으로 낚았을 때 일어난다. 이 년 전, 내 여동생이 이런 일로 나에게 충격을 주었던 적이 있다. 우리 집 거실에 들어서며 좋은 인상을 보이려고 갖은 애를 쓰던 사내의 우스꽝스러운 모습이 지금도 생각난다. 다행스럽게도 어머니는 도빌에 가 있어서, 이 바보 천치가 어머니의 페르시아산 카펫 위로 뒤축이 다 닳은 나이키 운동화를 질질 끄는 모습을 보지 않아도 되었다…… 여동생은 그 녀석한테 반해 있었다. 바로 그것이 문제였다. 그는 전직 마약 딜러로 빈민굴에 살면서도 스마트나 포르셰 993 터보를 리스해 몰고 다니던 작자였다. 그는 동생 가브리엘을 만나기 일주일 전에 자신의 BMW가 고장났다는 엉터리 이야기를 꾸며냈다. 아버지는 그런 동생을 가만히 지켜보다가 가브리엘이 그의 아메리칸 익스프레스 블랙 카드를 훔쳐 롤렉스 매장으로 달려가 그 멍청이한테 십만 프랑짜리 데이토나 시계를 사주자, 그제야 딸에게 마음을 고쳐먹으라고 충고했다. 가브리엘을 곧장 로제로 보내버리겠다고 위협하고 그녀의 열여덟 살 생일 선물이 될 도요타 Rav4는 없던 얘기가 될 거라고 선언했던 것이다. 가브리엘이 제일 중요하게 여기는 두 가지가 바로 자동차와 친구들을 짜증나게 하는 일이다. 이 빌어먹을 차 덕분에 여동생은 일석이조의 이득을 얻었다. 즉 마침내 자신의 돈 후안을 포기했고, 그는 누구누구의 딸이라는 다른 여자애들의 치맛자락을 잡으려 떠나버렸다.

이후 그는 헬의 옛 베스트프렌드를 파산시켰고, 그녀는 자살을 시도했다. 그는 지금 푼타델에스테에 정착했다. 속 시원한 결말이다.

클럽 안, 이쪽 끝에서 저쪽 끝까지 모두가 유혹의 함정이다. 그곳의 여자들이 그렇게 나쁜 것만은 아니다. 캘빈 클라인 광고판에서 곧바로 튀어나온 것 같은 그녀들은 그다지 상큼하지 않고, 불행하게도 말이 많다. 내가 바라는 이상적인 여자는 벙어리 모델이다. 아름답고 착하고 멍청한 여신의 육체가 보여주는 초월적인 조화는 그녀들이 돈에 현혹되는 것만큼이나 대단하다. 어두침침한 나이트클럽 안에서 금빛 카드가 반짝이면 그녀들의 눈은 스크루지 영감의 눈처럼 번득인다. 하기야 그녀들이 금빛과 돈을 따로 떼어 생각할 수 없다는 것쯤은 안다. 그리고 금빛 카드는 종종 관자놀이께가 희끗희끗한 남자들과도 눈 맞게 해준다. 다음 대화를 들어보라…… "몇 살이죠?" "예순두 살." "무슨 차를 굴리세요? 대답해주면 당신이 누구인지 말해줄게요." "벤틀리." "당신은 내 운명의 남자예요."

더러운 년들.

테이블과 테이블 사이, 그곳은 일종의 무대이다. 거기에는 후

각적 불안과 사회적 불안이 존재한다. 여자들은 자동적으로 이십 센티미터 안으로 다가오고, 위에서 잃은 것을 주위에서 얻는다. 남의 이목을 끌지 못했던 모든 이들이 여기에 모여 있다. 그들은 무슨 일이 일어나는지도 이해하지 못하면서 군거본능에 따라 다시 모여든다. 정말 바보들의 집합소다! 그들은 무대 한가운데서 행복을 흉내 낸다. '베리 임포턴트 퍼슨'은 거만한 시선으로 이들을 바라보며 비교를 즐긴다. 애석하게도, 모든 사람이 모든 사람에게 미소 띤 얼굴을 보이려 애쓰며 춤추고 웃고 술에 취한다. 사람들은 입이 귀에 걸릴 정도로 크게 웃으려 애쓰지만 그들의 눈은 텅 비어 있다. 하지만 어떻게 해서라도 웃는 얼굴을 유지하려 애쓴다. 카바레에서 얼마나 웃고 얼마나 즐거운 시간을 보냈던가! 나는 음악을 끄고 여기 있는 모든 사람의 생각을 한번 들어보고 싶다. 각자 서로에게 품고 있는 생각과 숨겨진 증오심, 수치스런 비밀, 또 누구와 섹스하길 원하는지, 누가 누구와 섹스를 했는지…… 이런 관계가 얼마나 돌고 도는지 당신은 상상할 수도 없을 거다. 모든 사람이 모든 사람을 따먹는다. 따지고 보면 그야말로 대규모의 난교 파티인 것이다. 하지만 이건 진정한 관계를 만들어가는 것과는 거리가 멀다. 내 말을 믿어도 좋다. 여기엔 나와 섹스한 여자도 적지 않지만, 나는 그녀들과 거의 인사조차 나누지 않는다. 안녕이라는 인사 의식은 참으로 한심한 것이다. 이곳에 도착하면 일단 바보들의 위선적인 뺨에 기계적으로 입술을 두 번 갖다대러 돌아다니느라 삼십 분을 소비해야 한다. 서로 아무 관심도 없고 아무 할 말도 없는 바보들, 하지만 어쨌든 어제도 보았고 내일도 볼 사람들이다.

나는 이 우스꽝스러운 무리를 더이상 견딜 수 없다. 부정한 방법으로 얻은 돈 냄새를 풍기는 이들은 언뜻 보면 잘 차려입은 남자, 잘빠진 여자처럼 보인다. 하지만 좀더 가까이 다가가 살펴보라…… 여자들은 대개 못생겼고, 모델한테나 어울릴 옷을 걸쳐 오히려 흉해 보인다. 그리고 저 거드름을 피우는 남자들, 머리통이 사십오 도 각도로 젖혀져 턱이 눈보다 더 높게 들렸고, 목은 어울리지 않게도 권위적인 와이셔츠 옷깃에 묻혀 있다. 그들에게서 어깨에 솜을 잔뜩 쑤셔넣어 힘을 준 휴고 보스 정장과 메르세데스 벤츠 S클래스와 롤렉스 시계를 벗겨내보자. 그러면 저 당당한 외모에서 남는 건 별로 없다. 그저 삐쩍 마른 벌거숭이, 눈은 게슴츠레하고 힘 있는 남자로 보이기 위한 장비 세트를 잃고 어찌 할 바 모르는 그저 그런 시시한 얼굴이 남을 뿐이다.

나는 두 시간 전부터 여기 있다. 짜증이 난다. 즐기는 척, 보란 듯이 기분 좋은 척하기도 질렸다. 난 지금 그런 기분과는 거리가 멀다. 내 얼굴을 훑어보다 내 오드마르스 피게 시계에서 멈추는 탐욕스런 시선도 짜증난다.

내가 앉아 있는 소파는 가죽이 찢어져 하얀 속이 밖으로 삐져 나와 있다. 나이트클럽 카바레는 바로 이런 모습이다. 인조 가죽으로 싸인 질 나쁜 속. 상징적이다. 내 의식 위로 떠오르는 욕구는 단 하나뿐이다. 여기서 나가는 것. 혼자 있는 고독이 남들 앞에서 잘난 척하는 가식적인 파티보다 훨씬 바람직하다. 혼자 있으면서 헬을 생각하는 게 낫다.

소처럼 눈이 휘둥그레진 내 친구들은 너무 놀라 어이없어했다.
"이제 두시 반밖에 안 됐어. 지금부터가 절정이라고!"
"절정?" 멍청한 자식들. 나는 간다. 이 방탕의 현장을 떠난다.
우글우글 들끓는 클럽 안을 마지막으로 한번 둘러보았다. 그녀, 헬이 보였다.

창녀 같은 옷차림에 내가 선물한 벨트를 하고 있는 그녀. 수많은 사람이 밀집해 있는 가운데 툭 튀어나와 있는 그녀는 단번에 눈에 띄었다. 의자 위로 올라가 엉덩이를 흔들고 춤을 추며 쉬지 않고 코를 훌쩍였다.

그녀는 쥘리앵과 크리스를 양쪽에 거느리고 친구 빅토리아를 끌어안고 있었다. 난 참을 수 없었다. 그녀는 희희낙락거리며 손뼉을 치고, 잔에 반 이상 남은 술을 단번에 마셔버렸다. 그리고 양쪽 입꼬리가 아래로 처졌다. 나는 그녀가 즐거움의 마스크를 다시 쓰기 전, 흐릿한 눈에 순간적으로 지나간 절망을 엿보았다.

나는 아마 이것을 알고 있는 유일한 사람일 거다. 한순간 그녀에게로 가서 그녀를 데리고 나가고 싶은 충동이 일었다. 하지만 그렇게 하지 못했다.

나는 클럽을 나왔다. 인사도 하지 않고, 뒤도 돌아보지 않고. 계단을 오르고 문턱을 넘어섰다. 한 줄기 신선한 바람이 내 얼굴에 와 부딪혔다. 나는 기분 좋게 숨을 들이쉬고 하늘을 올려다보며 잠든 모든 이를 생각했다. 그들과 합류하러 갈 생각을 하자 만족스러웠다. 담배에 불을 붙였다.

난 내 행동 하나하나에서 새로운 의미를 발견했다. 나는 자유롭다. 얼어붙은 아스팔트 위로 한 걸음 내딛을 때마다 울리는 단속적인 소리, 가로등, 아직 문을 연 식당에서 나오는 불빛. 주차 요원이 뭐 안 좋은 일이 있느냐고 물었다. 나는 그에게 백 프랑을 주었다. 충분한 대답이 되었으리라. 그리고 그의 인사에 미소로 답한 뒤 차 운전석에 앉았다. 어린 두 여자애가 맞은편 보도에 서서 포르셰의 젊은 운전자인 나를 곁눈질했다. 고약한 창녀들 같으니라고! 나는 물구덩이를 지나며 흙탕물을 튀기고, 요란한 엔진 소리와 함께 리볼리 거리로 들어섰다. 그리고 이비사에서 가져온 하우스 뮤직, 붓다 컴필레이션 앨범 등 평소에 듣는 CD 중 이것저것을 틀어보았다. 최신 유행 가요를 들으니 오히려 기분이 더 가라앉았다. 그래서 나는 영화 〈사랑보다 아름다운 유혹〉 OST 중 9번 트랙을 틀었다.

헬이 선물해준 CD다. 처음부터 끝까지 다 들었다. 아무리 들어도 싫증나지 않았다. 슬프다. 나 역시도 슬프다. 하지만 슬픈 것만은 아니다. 마음이 차분해진다. 얼마나 오랜만에 맛보는 기분인가! 별안간 달라진 눈에 파리의 풍경이 새롭게 펼쳐졌다. 나는 집으로 곧장 들어가지 않고 시내 여기저기를 달려보기로 했다. 새벽 세시. 맘껏 질주하기에 좋은 시간이다. 경찰만 조심하면 된다.

나는 파리를 사랑한다. 위엄 있는 건축물, 마치 완전한 어둠이 무엇인지 모르는 듯 끝없이 이어지는 도시의 하얀 불빛. 나는 앞을 내다보았다. 불 켜진 집은 얼마 되지 않았다. 거울이나 그림을 들여다보는 것 같았다. 내 집이 아닌, 저 불 켜진 집들에 들어가보고 싶다. 어쩌면 저곳에선 행복해질 수 있지 않을까?

나는 시속 백오십 킬로미터로 달렸다. 무엇으로부터 도망치는 건지, 무엇을 따라가는 건지 모른다. 그저 속도에 취할 뿐이다. 어쩌면 내일은 모든 게 변할지도 모른다. 이제 사는 게 지겹고 더이상 견딜 수가 없다. 존재하지도 않는 목표를 위해 하루하루를 살아가고, 술을 마시고, 마약을 하고, 도박을 하고, 섹스를 하고, 밤거리를 떠돌고…… 매일 반복되는 이 지옥 같은 악순환의 고리를 끊고 싶다. 내일부터 코카인을 끊고 무언가를 해보기로 결심한다. 나도 아침에 일어날 이유가 있었으면 좋겠다. 그리고 내일 아무 짝에도 쓸모없는 바보 같은 자존심을 버리고 그녀에게 진심을 고백할 것이다. 얼마나 그녀를 사랑하는지와 한순간도 그녀를 사랑하지 않은 적이 없다는 것을 모두 말할 것이다. 설사 그녀가 내 고백을 무시한다 하더라도, 적어도 난 마음을 정리할 수 있을 것이다. 즉 깨끗이 포기하고 자학하는 삶을 그만둔 뒤 인생의 다음 장으로 넘어가 새로운 마음으로 삶을 살 수 있을 것이다…… 내 인생에서 가장 중요한 순간이다. 만일 그녀가 나의 고백을 저버리지 않는다면…… 내일은 어제와 다를 것이고 오늘과도 다를 것이다. 그리고 한심한 내 인생에서 망쳐버린 그 모든 날들과도 다를 것이다.

내일은, 어쩌면 헬과 함께 있을지도 모른다.

빨간 불이다. 콩코르드 광장. 아무도 없다. 어쨌든 멈출 수 없다. 너무 빨리 달리고 있다. 왼쪽에 검은 자동차가 한 대 있다. 그 차 역시 빠르게 달리고 있다. 이 노래 중 가장 아름다운 대목이 흘러나온다. 차 앞유리가 폭발하고 차 문이 박살나는 것을 느끼기 전, 나에겐 음악 볼륨을 최대로 올릴 시간밖에 없다. 그리고 난……

내일은 아마 다른 날과…… 비슷한 하루였을 수도 있다.

12

여기 가지 위에서 몸을 떨며.*

새벽 네시, 나는 나이트클럽 퀸을 나섰다. 마약에 취해 거의 환각 상태다. 그 빌어먹을 나이트클럽 안에는 일 분도 더 있을 수 없을 것 같았다. 사람이 너무 많아 공기는 탁하고 후끈한 열기에 숨이 막혀 더이상 견딜 수 없었다. 게다가 오로지 적대적인 얼굴들밖에 없었다. 그 멍청이들은 그저 하나의 욕구밖에 없었다. 나와 섹스하는 것. 한 포르노 감독은 돈뭉치를 들고 따라다니며 나에게 거래를 제안했다. 완전히 맛이 간 A와 파리에서 가장 추잡한 사내들은 테이블 세 개에 자리를 잡고 앉아 술을 마시

---

* 보들레르의 시 「저녁의 조화」의 첫 행. 이 장에서 이 시가 한 행씩 언급된다.

고 진탕 취해 있었다. 크리스가 빅토리아에게 코카인 일 그램을 주었다. 당연하다. 그들은 사귀는 사이니까. 빅토리아와 나는 그걸 가지고 화장실에 갔다. 코카인 조각들이 노랗게 빛났다. 무엇으로 그것을 부쉈는지 기억이 안 난다. 지금 턱 근육이 몹시 당겨 말하기도 힘들 정도다. 다섯 사람이 우리한테 2차를 제안했다. 빅토리아와 리디, 나는 고래고래 소리를 질렀다. 왜냐하면 우리는 2차에 따라가는 그런 부류가 아니기 때문이다. 우리는 크리스와 쥘리앵과 함께 나왔다. 리츠 호텔에서 함께 지낸다는 그들의 억만장자 친구한테 가기 위해서다. 클럽을 나서기 전에, 내가 저녁 내내 쫓아다니며 코카인을 구걸했던 시빌의 아버지가 내 손에 꽤 많은 양의 코카인 덩어리를 쥐여주었다. 나는 이 선물을 빅토리아와 리디에게 말하지 않기로 했다. 말하는 순간 그녀들은 이것을 단숨에 모두 흡입하고 나한테는 하나도 남겨주지 않을 테니까.

나는 마약에 취했다. 빅토리아도. 리디도.

향로에서 나오는 향처럼 모든 꽃이 사라질 때……

우리는 퀸에서 나왔다. 신선한 공기 덕분에 취기가 가시고 흥분이 진정되었다. 마음이 차분히 가라앉는 것 같다. 코카인을 흡입할 때마다 이번이 마지막이라고 다짐했다. 취하면 정신 나간 끔찍한 짓을 저지르고 마니까. 그런데도 매일같이 다시 시작하고, 또다시 시작하고, 또다시 시작한다. 오늘은 그나마 자신을 잘 통제한 것 같다. 클럽을 나와 친구들과 함께 있기 때문이다. 친구들은 내가 다치지 않길 바란다. 그런데 전혀 통제할 수 없는 **끔찍한** 일이 일어날 것만 같은 생각이 든다. 뭔지는 모르겠다. 뭐라 말할 수 없는 막연한 **두려움**이 느껴졌다. 쥘리앵이 날 거의 품에 안다시피 부축해 차를 주차해둔 워릭 호텔 앞까지 갔다. 지금 리디는 날 죽이고 싶을 거다. 나는 안다. 확신할 수 있다. 그녀는 쥘리앵을 사랑하니까. 쥘리앵은 어젯밤에 그녀와 섹스했으면서도 지금 그녀의 표정 같은 건 전혀 신경 쓰지 않는 모양이다. 방금 전에 나는 '스크리밍 오르가슴'이라는 칵테일을 마셨다. 어디서 마셨는지는 기억나지 않는다. 그래서 물질인 코카인이 어떻게 나의 추상적인 사고에 영향을 미치는지 잠시 생각해보게 되었다. 어쨌든 나는 쥘리앵과 아무 볼일이 없다. 그는 바보에다 마약중독자니까. 그런데 그는 나와 섹스하고 싶어한다.

빅토리아와 리디가 우리 뒤에 있었다. 나는 그녀들이 뒤에 있는 게 못마땅했다. 주차요원이 쥘리앵의 차를 빼오길 기다리는데 갑자기 어디선가 커다란 메르세데스가 튀어나와 우릴 칠 뻔했다. 스물다섯쯤 되어 보이는 남자 둘이었는데 썩 괜찮아 보였다. 나는 그들이 일부러 그랬다고 확신한다. 빅토리아가 자동차에 달려들어 빨간 가죽 코트를 벗고 이브닝드레스 차림으로 자동차 보닛 위에 엎드려 누웠다. 그녀의 가슴이 앞창에 눌려 찌그러졌다. 그녀가 소리쳤다.

"헤이! 사내들, 날 우리 집에 데려다줘!"

자동차는 그대로 출발했다. 그 바람에 빅토리아는 굴러떨어져 내 쪽에 쓰러졌다. 나는 별로 내키지 않았지만 있는 힘껏 그녀를 붙잡았다. 빅토리아의 바보짓 때문에 크리스가 하얗게 질려 우리를 버리고 갈 것 같았기 때문이다.

쥘리앵이 MAD75 번호판을 단 아주 근사한 메르세데스 ML 55 AMG의 운전대를 잡았다. 나는 돈 한 푼 없는 그가 그런 차를 어떻게 모는지 궁금해 그에게 물어보았다. 그는 얼굴만 찌푸릴 뿐 대답하지 않았다. 내 질문이 거북했던 모양이다. 우리는 차에 올라탔다. 내 옆에 앉은 빅토리아가 큰 소리로 떠들며 숨을 내뱉을 때마다 지독한 냄새가 났다. 위스키 냄새와 옷에 흘린 샴페인 냄새, 담배 냄새, 그리고 담배 냄새와 섞여 탁하게 변질된 뮈글레 향수 냄새, 이 모든 게 뒤섞여 고약한 냄새를 풍겼다.

소리와 향기들이 저녁 하늘을 맴도네……

리츠 호텔까지 우리가 무슨 얘길 하며 갔는지 모르겠다. 기억나는 건 빅토리아가 그녀의 펜디 백을 들이대며 고함쳤던 것뿐이다.

"얘들아, 이 아름다운 이탈리아 디자인 좀 봐!"

"입 좀 다물어, 빅토리아, 그 입 좀 다물라고!"

"꺼져, 이 창녀 같은 년아!"

그러자 쥘리앵이 소리쳤다.

"헬이 입 닥치라잖아, 빅토리아. 그러니까 입 닥쳐!"

차가 구찌 매장 앞을 지나갈 때 리디가 달리는 차 문을 열고 내리려 시도해 빅토리아와 나는 깔깔대며 웃었고, 크리스는 코카인을 흡입하고 있었다. 우리는 창피한 줄도 모르고 생토노레 거리의 고요함을 깨며 소란을 피웠다. 나는 럭키 스트라이크에 불을 붙였다. 나이트클럽 퀸에서 산 담배인데 맛이 역겨웠다. 이때 불현듯 끔찍한 생각 하나가 계시처럼 대기 속을 지나갔다. 부자들이 행복하지 않다면 그것은 행복이 존재하지 않기 때문이다. 나는 이 생각에 절대적 확신이 들었고, 이후에는 그 어떤 것도 결코 이전과 같지 않을 것 같았다.

방돔 광장에 도착한 우리는 차에서 뛰어내렸고 호텔 주차요원들의 시선 따윈 완전히 무시했다. 나는 계속 돌아가는 호텔 문을 통과했다. 크리스가 호텔 보이에게 방 번호와 무슨 암호 같은 '데릭 들라노'라는 이름을 대자 그는 긴장한 듯 얼굴 근육 하나 움직이지 않았다.

엘리베이터에서 흐르는 음악이 분위기를 깼다. 나는 복도에 걸린 마티스의 그림이 가짜라고 고래고래 소릴 질렀다. 우리 행동에 시비를 거는 이는 아무도 없었다.

우리는 호텔에서 가장 근사한 룸 가운데 하나로 들어갔다. 삼백 제곱미터 크기에 사방이 금도금 장식으로 꾸며져 있고, 나무 바닥과 거울이 있었다. 방돔 광장의 기념주 쪽으로 난 창문 밖 풍경이 날 우울하게 했다.

우리를 맞이한 이는 그곳 주인의 비서 정도 되는 것 같았다. 이름은 미르코였다. 그는 우리에게 데릭 들라노가 자고 있으니 방해하지 말라고 했다. 그리고 낮은 테이블 위에 놓인, 이니셜이 새겨진 상자 하나를 열었다. 나는 그렇게 많은 코카인은 세상에서 처음 보았다. 그가 아메리칸 익스프레스 블랙 카드로 코카인을 으깨는 동안 찬찬히 그를 관찰했다. 그는 좀 **끔찍했다**. 찌푸린 얼굴에 눈동자의 푸른색은 너무 옅어 흐릿했고, 엄청난 근육질이었다. 또한 말투에 문제가 있었다. 말의 반은 잘라먹었고 문장에 동사를 넣는 걸 잊고 있었다.

우리는 각자 자리를 잡고 앉느라 한바탕 북새통을 벌였다. 리디는 쥘리앵 곁에 앉으려고 애썼고 빅토리아는 거실 한가운데서 춤을 추었다. 미르코는 계속해서 열심히 코카인을 으깼고 크리스는 깨끗한 잔과 가득 찬 술병을 찾느라 분주했다.

우울한 왈츠와 나른한 현기증이여!

나는 룸서비스에 전화해 빅맥을 주문했다. 전화선 저쪽, 종업원이 뭐라고 우물거리며 빅맥은 서비스가 안 된다고 답했다. 그래서 나는 허접한 것들을 주문했다. 말보로 라이트, 나무딸기 술, 크리스털 로제 샴페인과 화이트 캐비아. 그런데 화이트 캐비아가 없단다. 그리고 그것이 무엇인지도 모른단다. 나는 하는 수 없이 벨루가 캐비아로 바꿨다.

미르코가 코카인을 다 으깼다. 십 그램 정도. 그 정도면 여섯 명에게 충분하다고 생각한 모양이다. 그는 자리에서 일어나 데이비드 게타의 〈저스트 어 리틀 모어 러브〉를 틀었다.

바이올린은 상처받은 마음처럼 떨고.

슬픈 생각이 밀려왔다. 머리가 돌 정도로 흥분되고 신경이 긴장됐으며, 심장박동이 빨라지고 꽉 다문 입 안에 씁쓸함이 느껴졌다. 나는 눈을 들어 천장을 보며 도움을 구했다.

하늘은 커다란 제단처럼 아름답고 슬프고.

그러나 유리 장식이 늘어진 엄청나게 큰 크리스털 샹들리에가 눈에 들어올 뿐이었다. 룸서비스가 왔고 나는 환각에서 깨어났다. 캐비아를 먹고 싶은 생각이 사라진 나는 담뱃갑을 집어들고 담배에 불을 붙이고 나서 빅토리아를 관찰했다. 그녀는 크리스와 사귀고 있다는 사실을 잊은 듯 애교를 떨며 쥘리앵의 무릎에 걸터앉았다. 그녀의 격렬한 몸짓에 드레스 후크가 벗겨져 브래지어가 삐져나와 있었고, 너무 굵다 싶은 허벅지도 거의 다 드러난 상태였다.

나는 사실 여기 오고 싶지 않았다.

사랑에 빠진 마음은 어둡고 광활한 무(無)를 증오한다네.

리디를 바라보았다. 그녀는 열렬히 사모하는 대상에게 배신당해 얼굴이 일그러져 있었다. 이제 어찌해야 할지 난감해하는 표정이었다. 간사한 그녀는 크리스에게 접근해보려 했다. 그녀는 서 있는 그의 앞에 무릎을 꿇고는 그의 엉덩이에 손을 대고 고개를 들어 올려다보았다. 그러자 그가 얼굴을 굳히며 한 걸음 뒤로 물러섰다. 나는 웃고 싶었다. 단지 그뿐이다.

"빅토리아, 코카인." 내가 조용히 말했다.

그녀가 머리는 헝클어지고 반은 벌거벗은 채 벌떡 일어섰다.

"어디?"

그녀는 미르코가 준비해놓은 코카인 가루를 발견하고는 소파를 건너뛰다 걸려 넘어져 드레스가 찢어지는데도 상관 않고 코카인 가루에 코를 갖다댔다. 어디서든 코카인만 있으면 거침이 없는 그녀였다. 그녀가 탐욕스레 코카인을 흡입하는 소리가 들렸다. 이어 리디가 흡입했고 몇 분 동안 침묵이 흘렀다. 그녀들은 몸을 구부리고 목덜미에 전율을 느끼느라 정신이 없었다.

빅토리아는 목표물을 바꿨다. 대상은 코카인을 쥐고 있는 미르코였다. 미르코는 성가실 정도로 자신에게 관심을 보이는 그녀를 가만히 보고 있었다. 그녀는 언제나 더 많은 코카인을 원하고, 그 몹쓸 물건을 위해서라면 뭐든 할 수 있다는 식이다. 그녀는 이 비루한 사십대 남자를 어루만지고 애무하며 가볍게 키스했다. 그녀의 유혹에 못 이긴 그는 끝내 자신을 위해 따로 남겨두었던 것까지 꺼내놓았다. 그리고 알아들을 수 없는 말을 내뱉으며 투덜댔다. 빅토리아의 등 뒤에서 크리스는 대향연 때 마시고 남은 술을 모조리 꺼내 테이블에 차려놓았다. 그리고 위스키, 진, 테킬라, 마티니 블랑을 연달아 마셨다. 그 사이사이에 코카인을 한 줄씩 흡입하며. 빅토리아는 내가 쥐고 있던 크리스털 술병을 빼앗아 크리스에게 가져다줬다. 그가 싫다는 제스처를 취하자 그녀는 신이 나서 병째로 입에 술을 들이부었다. 이따금 말을 하기 위해 병에서 입을 떼고는 거품을 가득 문 채 앞뒤가 맞지 않는 말을 하며 애교 섞인 목소리로 투정을 부렸다.

리디는 조금도 주저하지 않고 쥘뤼앵의 품으로 달려들었다. 그는 그녀의 달갑지 않은 포옹에서 빠져나와 방을 가로질러 내 옆에 있는 안락의자에 앉았다. 그리고 나에게 무슨 향수를 쓰냐고 물었다. 샤넬 알뤼르를 쓴다고 했더니 나와 잘 어울리는 향이라고 말했다. 나와 계속 말을 이어가려는 그에게 나는 오늘 밤 누구하고도 섹스할 생각이 없다고 딱 잘라 말했다. 그 말을 들은 리디는 분노로 얼굴이 일그러졌고 쥘리앵에게 욕을 퍼부었다. 그러더니 "내가 널 따먹을 거야. 내가 널 가지겠다고!" 하며 소리를 질렀다. 멍청하고 천박하고 한심한 것 같으니라고. 그녀가 내 신경을 건드렸다. 나는 곧바로 코카인 두세 줄을 흡입했다.

소리와 향기가 저녁 대기 속을 맴도네.

인내심이 한계에 다다르기 시작했다. 이런 파티의 주요 목적은 마약을 하고 환각에 빠져 자신을 망가뜨리는 것이다. 나는 이미 충분히 취했다. 여기서 더 취한다면 어떻게 될지 나도 모른다. 하지만 테이블에 코카인이 있는 한 나는 멈추지 않을 것이다. 남은 걸 모두 흡입하자 빅토리아가 화를 내며 날 밀쳤다. 결코 적지 않은 코카인 십 그램이 모두 사라졌다. 미르코는 우리가 이 정도로 성능 좋은 진공청소기라고는 미처 생각지 못했을 것이다.

빅토리아가 미르코를 방으로 끌고 들어가 한바탕 연설을 했다. 신이 코카인을 창조했다면, 그것은 그의 모든 순진한 양들에게 골고루 나눠주기 위한 거라고. 그 말이 끝나자 다른 목소리가 이렇게 외쳤다. "더이상 코카인은 없어. 이제부터는 알아서 섹스나 즐기라고!"

나는 시큰둥하게 어깨를 한번 으쓱하고 호텔 룸 안을 둘러보기로 마음먹었다. 다른 방에 들어서는데 발에 뭔가가 걸렸다…… 리디였다. 실내가 어둠 속에 잠겨 있어 미처 그녀를 보지 못했다. 그녀는 어쩌다 떠내려온 쓰레기 더미처럼 마룻바닥에 너부러져 있었다. 나는 그녀를 넘어가려다 잘못해 구두 굽으로 그녀의 발목을 찍어 눌렀다. 이 실수는 가득 찬 물잔을 넘치게 하는 마지막 한 방울이 되었다. 내가 더듬거리며 사과하려는 순간, 리디가 퀸에서 이미 고문당할 대로 당한 내 고막을 찢는 듯한 굉음 같은 고함을 질렀던 것이다. 그녀는 쉰 목소리에 딸꾹질까지 하면서 어둠 속에서 나에게 가엾은 얼굴을 들이밀었다. 진한 화장 위에 눈물이 흘러 생긴 검은 줄기 때문에 그녀는 괴물처럼 흉측했다. 꼭 불행한 광대 같았다.

"니들 아예 날 죽이려고 작정했구나!"

나는 그녀가 맘껏 발작하게 내버려두고 실내를 계속 탐색하며 욕실 안으로 들어갔다.

안에는 아무도 없었고 월풀 욕조만 홀로 작동 중이었다. 나는 세면대에 걸터앉아 등을 거울에 기대고 허공에 다리를 흔들었다.

오늘 밤 난 혼자 있을 거다.

오늘 저녁에 그를 얼핏 보았다. 아주 잠깐. 오로지 그를 보기 위해 그 빌어먹을 나이트클럽에 간 거였는데, 그는 잠시 후 그곳을 떠나버렸다. 내가 그곳에 간 목적은 그를 사랑한다고, 그러니 제발 돌아와달라고 말하기 위해서가 아니었던가? 오직 이 말을 하기 위해 가지 않았던가? 그를 보는 순간 그에게로 달려가고 싶었다…… 하지만 그는 떠났다. 멀어져가는 그의 등에서 뭔가 숙명적인 것이 느껴졌다. 나는 그 자리에 못 박힌 듯 꼼짝도 못 하고 그대로 서 있었다. 샴페인 잔을 든 손이 떨렸다. 어쩌면 이대로가 그에겐 더 나을지도 모른다는 생각이 들었다. 나는 내 꿈이 떠나가는 모습을 지켜보고만 있었다.

우리의 마지막 만남이 머릿속에서 떠나질 않았다. 돌이킬 수 없는 뭔가를 저지른 것만 같았다.

여명, 희미한 빛, 모든 우울한 감정. 침대 주변에 내 옷들이 어지럽게 흩어져 있었다. 베개에서는 그의 것이 아닌 다른 낯선 향수 냄새가 났다. 정체 모를 그 은밀한 방해꾼과 한데 뒤섞여 우리는 아무 감정 없이 사랑을 나누었다. 어둡고 냉랭한 분위기에서 그가 속마음을 털어놓았고 나는 침묵했다. 쾌락을 즐긴 후 피우는 담배 연기의 소용돌이처럼 내밀했던 한 시간도, 꿈꾸던 미래도 모두 사라졌다. 타들어가는 담배 끝의 붉은 열기만이 증오로 바뀐 비참한 사랑싸움을 간신히 비추고 있었다. 남자와 여자는 불운한 결합으로 더럽혀진 서로의 욕망을 노래했다. 영혼이 없는 요란한 사랑 행위. 잃어버린 행복이 태어나는 순간을 함께 했던 바로 그 침대에서 나는 자살행위와도 같은 거짓말을 대담하게 내뱉었다. 안과 밖이 모두 어둡고 캄캄했다. 나는 볼 장 다

본 고약한 여자처럼 굴었다. 그의 가슴에서 피가 흐르는 걸 보고 싶었다. 하지만 그는 고개를 꼿꼿이 세운 채 떠났고 나의 마음은 새하얗게 질렸다. 잠든 파리, 내 눈물이 흐르는 소리만이 조용히 들렸다. 무의미한 내 삶을 슬퍼하는 눈물이었다. 나의 절망⋯⋯ 한순간의 기쁨을 위해 감내해야 하는 영원한 절망을 슬퍼하는 눈물이었다.

앙드레아⋯⋯

사랑에 빠진 마음은 어둡고 광활한 무(無)를 증오한다네⋯⋯

찬란한 과거의 온갖 흔적을 거둬 모으네⋯⋯

음악이 멎고, 갑자기 거실 쪽에서 웅성거리는 소리가 나더니 〈사랑보다 아름다운 유혹〉 OST 9번 곡이 울려 퍼졌다. 사랑의 첫 순간에 대한 찬가다. 나는 아직 이 사랑의 희생자를 내지 않았다. 나는 차분히 마음을 가라앉히고 그를 생각했다. 첫 만남, 그의 마음이 점점 끌려오던 순간과 우리의 미래를 예시하는 듯했던 눈물 속에 이루어진 첫 키스, 그 첫 키스의 마법이 떠올랐다. 그의 눈에서 반짝이던 광채, 목소리, 아이 같은 얼굴, 언제나 화를 참으며 자제하던 모습이 머릿속에 하나하나 떠올랐다. 나는 더이상 여기, 마약에 취한 친구들과 함께 있는 것 같지 않았다. 이렇게 친구들과 어울리며 마음속으로는 그가 내 침대로 돌아와 슬픔을 위로해주길 바라는 이 유예의 시간에서 벗어나, 내 정신은 일 년 전 우리 집 거실로 돌아갔다. 그 노래에 매료된 앙드레아의 눈은 깊은 공감을 말하고 있었고, 노래의 슬픈 후렴구는 우리의 마지막을 예견하는 듯했다.

바이올린은 상처받은 마음처럼 떨고.

빛이 꺼졌다.

태양은 굳어버린 제 핏속에 익사한다.

방금 쥘리앵이 욕실로 들어와 내 쪽으로 다가왔다. 그가 나를 안았고 나는 다른 사람의 품을 생각했다. 내 사랑, 넌 어딨니? 커다랗고 하얀 네 침대에서 아기처럼 자고 있는 거야? 아니면 나처럼 다른 사람의 품에 안겨 빠져나올 수 없는 거야? 다른 이의 입술이 네 입술 가까이 다가와 내쉬는 숨결 속에서 너도 내 숨결을 찾고 있을까? 너는 눈을 감고 나를 생각한다. 네 얼굴을 내 얼굴에 맞대고 네 속눈썹이 내 이마를 살며시 스치며 간지럽힌다. 나는 네 얼굴을 부드럽게 어루만지며 너를 다시 그린다. 네 코와 눈, 그리고 입술과 입…… 우리의 입술이 서로 다가와 포개어지는 순간, 형언할 수 없는 키스를 나눈다. 점점 더 빨리, 점점 더 탐욕스레 갈구하며. 너는 나를 안아 옮긴다. 나는 눈을 감고 있지만 아무 어려움 없이 네 셔츠의 단추를 푼다. 그러다 내 손톱이 부러진다. 매번 그랬던 것처럼…… 나는 고개를 젖히고 즐겁게 웃는다. 너와 함께 있고 너에게 기대고 있다는 기쁨과 행복에 젖어. 우리의 다리가 서로 엉켜들고 네 입술이 내 목에서 뜨겁게 타오른다. 내 손이 네 머리칼을 어루만지고 다른 손은 네 벨트를 풀어 저 멀리 던져버린다. 나머지도 모두. 난 이제 조급하고 절박하다. 너 역시 그렇다. 나는 청바지를 벗으려 온몸을 뒤틀면서도 키스를 멈추지 않는다. 한순간 너를 잃는다면 영원히 잃어버릴 것만 같다. 나는 네가 쾌락의 절정에 이를 수 있도록 안간힘을 다해 온몸의 근육을 뒤틀며 "사랑해"라고 외친다. 나는 널 완전히 가졌고 너는 날 완전히 가졌다. 나는 행복하다.

눈을 떴다. 쥘리앵이 내 몸을 손으로 붙잡고 내 얼굴 이 센티미터 앞에서 헐떡거리고 있었다. 나는 욕조 가장자리에 앉은 채였고 그는 서 있었다.

"꺼져! 꺼지란 말이야!"

나는 소리를 질렀다.

그는 이해할 수 없다는 표정으로 옷을 주워들더니 문을 닫고 사라졌다. 나는 벌거벗은 채 빌어먹을 월풀 욕조에 걸터앉아 있었다. 내려진 블라인드 사이로 새벽빛이 희미하게 새어 들어왔다. 깨져버린 꿈이 목구멍을 가득 채우며 뜨거운 눈물로 터졌다. 얼마나 오랫동안 거기 있었던 걸까? 소리 없이 눈물을 흘리며, 나의 절망을 응시하며. 나는 청바지 주머니에서 코카인을 꺼냈다. 그것을 부술 만한 뭔가가 필요했다. 세면대 옆에 메스가 있었다. 손을 뻗기만 하면 됐다. 손잡이가 두꺼웠다. 나는 날카로운 칼날 쪽을 움켜쥐고 칼 손잡이로 있는 힘을 다해 코카인을 으깨 부쉈다. 조각이 부서져 가루가 되었다. 하얀 가루는 아무 의미가 없다. 손이 아파 손바닥을 펴자 칼이 바닥으로 떨어지며 금속 소리를 냈다. 손바닥이 베여 상처가 난 부위에서 발렌티노 원피스만큼이나 빨간 피가 스며 나오기 시작하더니 팔을 타고 흐르며 아라베스크 문양을 그렸다. 붉은 태양이 순백의 마약 가루 위로 떨어졌다. 그것은 마치 상징처럼 보였다. 빨대가 없다. 서랍을 여니 파란 지폐가 가득하다. 정성스레 지폐를 말아 빨대처럼 만들었다. 우리는 얼마나 자주 함께 마약을 했던가. 그래서 그런 걸까? 그와 함께 있는 듯한 기분이 약간 들었다. 나는 빨대를 왼쪽 콧구멍에 대고 힘껏 빨아들인 뒤 오른쪽 콧구멍에 옮겨 대었다. 그리고 다시 왼쪽…… 나는 있는 것 전부를 흡입했다. 전부를…… 약간 운이 따른다면 이대로 죽을 수도 있다. 다시 앉았다. 몇 초 동안. 단 몇 초 동안 아주 기분이 좋아졌다. 단 몇 초의 충족감. 망각. 고개를 들었다. 거울이 보였다. 혼란스런 눈빛의 저 여자. 월풀 욕조에 너부러져 앉아 구겨진 지폐를 손에 들고 있다. 턱에는 코카인 가루가 묻어 있고 머리는 산발이다…… 그리고 눈물을 줄줄 흘리고 있다. 여자는 일어나 다시 청바지를 주워 입고 징이 박힌 벨트를 채웠다. 옷을 다 입고 담배에 불을 붙였다. 그녀는 다리를 후들거리면서도 간신히 버티고 섰다. 그녀는 욕실을 나갔다.

나는 밖으로 나가기 위해 방을 지나갔다. 리디는 여전히 같은 자리에서 자고 있었다. 어린아이 같았다. 어디선가 쾌락의 신음소리가 들렸다. 빅토리아와…… 크리스. 아니면 미르코. 다른 방문을 열었다. 셋 다 거기 있었다.

나는 거실에 두었던 내 백을 찾아 들었다. 머릿속에서는 아까 그 노래가 계속 맴돌았다. 목구멍이 돌이나 금속으로 된 것처럼 차고 시렸다. 걸을 때마다 마룻바닥에서 괴상한 소리가 났다. 문을 쾅 닫고 나와 엘리베이터를 타고 내려왔다. 호텔 로비와 프런트를 지나 밖으로 나왔다. 거리엔 아무도 없었다. 택시를 잡으려 했지만 보이지 않았다. 새벽은 얼음처럼 차가웠다. 핸드폰이 울렸다. 메시지 하나가 도착했다. 이 시간에 가브리엘이 웬일이지? 막연한 불안이 목을 조여왔다. 추위에 손가락이 곱아 망할 놈의 버튼이 잘 눌러지지 않았다. 마침내 메시지가 떴다. 한 문장이었다. 단 한 문장. 그것을 읽는다. 다시 읽는다. 나는 너무 울었다. 이제 더이상 울 수도 없다.

나는 와르르 무너졌다. 새벽 일곱시에 방돔 광장 앞에서. 여자는 무릎을 꿇고 앉아 피투성이가 된 자기 손을 물어뜯으며 울부짖었다. 그녀는 횡설수설 알아들을 수 없는 한탄을 쏟아내며 울부짖었다. 절망이 이제야 그 윤곽을 뚜렷이 드러낸 것처럼. 나는 이제 꿈은 끝났고, 세상도 끝났다고 울부짖었다. 사랑하는 남자가 죽었다고 절규했다. 그는 나이트클럽을 나와 오십만 프랑짜리 차에 몸을 실었지만, 그 차는 그를 지켜주지 못했고 그는 바보처럼 죽었다. 즉사였다. 죽음. 나는 생명을 주었다가 다시 거둬 가는 이 빌어먹을 인생의 끔찍한 현실을 한탄했다. 그리고 우리가 함께했던 시간과 함께할 수도 있었을 삶을, 또 그가 어떤 사람인지, 어떤 사람이었는지, 미래에 어떤 사람이 되었을지를 생각하며 울었다. 나는 나의 절망, 나의 고통, 나의 사랑에 울부짖었다. 나의 사랑, 나의 사랑……

너의 추억은 내 안에서 성체함처럼 빛나네.

13

 인류는 고통스럽다. 세상은 대학살 전쟁을 치른 뒤의 광활한 벌판과도 같다. 그 벌판에는 사지를 뒤틀며 고통으로 헐떡이는 빈사 상태의 환자들이 깔려 있다. 인간들, '사람들'은 익명으로 거닐고, 크게 벌어진 상처를 태연하게 감춘다.
 행복…… 인간은 행복의 외관만을 언뜻 볼 수 있을 뿐이다. 이웃이 보여주려 애쓰는 행복의 껍데기만을. 그러니 행복해 보이는 이웃 때문에 괴로워하지 마라. 그는 아동 성폭행범에 마약 중독자에 정신분열증 환자다. 무엇보다도 그는 당신과 당신 가족이 늘 보여주는 화목한 모습에 몹시 화가 나 있다. 당신 아내가 당신을 구타하고 아이들이 당신 자식이 아니라는 것을 모르기 때문이다.

행복은 시각적 착각, 똑같은 모습을 영원히 반사하는 두 개의 거울이다. 처음으로 거슬러 올라가 최초의 이미지를 찾으려 하지 마라. 그런 것은 존재하지 않는다.

행복이 일시적인 거라고 말하지 마라. 행복은 일시적인 게 아니다. 사랑에 빠졌을 때, 또는 무언가를 이루었을 때 행복이라 느끼는 감정, 행복으로 간주되는 감정은 착오를 깨닫는 순간을 유예해줄 뿐이다. 즉 사랑하는 사람에게 품었던 환상이 깨지거나 당신이 이룬 성공이 아무것도 아니라는 사실을 깨닫기 전까지의 시간. 이 자각으로 당신이 불행해지는 건 아니다. 다만 의식을 하게 될 뿐이다. 행복은 끝나버리는 게 아니라 정정되는 것이다.

우리는 어둠을 인정하지 않기 위해 빛을 만들어냈다. 그래서 하늘에 별을 달고 모든 거리에 이 미터 간격으로 가로등을 세웠으며 집 안엔 전등을 달았다. 별빛을 끄고 하늘을 보라. 무엇이 보이는가? 아무것도 보이지 않는다. 당신은 유한한 당신의 정신이 품을 수 없는 무한을 마주하고 있다. 당신은 아무것도 보지 못하고, 그 때문에 불안하다. 무한을 마주하는 건 몹시 불안한 일이다. 그러나 안심하라. 당신의 눈은 언제나 별들 앞에서 멈출 것이다. 이 별들이 당신 시야를 꽉 막고 있기 때문에 당신의 눈은 그렇게 멀리까지 보지 못할 것이다. 따라서 당신은 별들이 감추고 있는 텅 빈 곳은 알지 못한다.

불을 끄고 눈을 크게 떠보라. 아무것도 보이지 않는다.

어둠뿐이다. 당신은 어둠을 보고 있다고 생각하겠지만 어둠은 당신 밖에 있지 않다. 당신 안에 있다.

나는 명철한 의식이라는 저주를 안고 있다. 내 정신의 눈은 삶을 향해 크게 떠져 있지만 빈 허공만을 응시할 뿐이다.

내 안에는 막연한 희망을 비웃는 불꽃이 빛나고 있다. 그것이 때때로 썩어가는 세상의 쓰디쓴 골수의 맛을 잊게 해준다. 아주 미세한 빛인 그것은 나와 자기파괴 사이에 가로놓인 유일한 막이다.

진실의 심연으로 떨어져, 염세주의의 고통을 겪으면서도 나는 살아 있다.

아직도 살고 있다.

왜? 나도 모른다. 매일 아침 나는 꿈의 신 모르페우스의 마법에서 깨어난다. 다시 자비로운 잠의 망각으로 빠져들 때까지, 천천히 흐르는 이 끝 모를 시간을 생각하면 정신이 아득하다.

최대한 생각하지 않고 하루를 보내야 하기 때문에 나는 가능한 한 가장 쓸데없는 짓을 하며 시간을 죽인다. 잠재적인 나의 우울을 퇴치할 수 있는 유일한 만병통치약은 피상적인 것들이다. 그래서 어두운 생각들을 쫓아버리기 위해 피상적인 것들을 쫓는다. 이것이 나의 처세술이다.

나는 열여덟 살이고 프라다 옷을 입는다. 나는 유행의 최첨단에 있다. 그리고 무기력하고 앙상한 몸을 이끌고 사교계의 놀이터인 이 카페에서 저 카페로 돌아다닌다. 매일 저녁, 마르뵈프 거리와 그 근방에 급속도로 늘어나고 있는 새로운 스타일의 레스토랑 가운데 하나에서 식사를 한다. 월드 푸드는 구역질이 난다. 내 앞에 나온 음식 접시는 그대로 다시 주방으로 돌아간다. 나는 거기에 손도 대지 않았다.

나는 나이트클럽에 간다. 나이트클럽은 월드 푸드보다 더 역겹고 심한 구토를 일으킨다.

이런 사교 생활 때문에 구역질이 나 다리가 후들거리고 몸이 비틀거릴 정도다. 그런데도 이 생활 없이는 견디지 못한다. 나이트클럽을 끊는다는 것은…… 담배를 끊는 것과 같다.

열네 살에 처음 나이트클럽에 간 나는 거기서 결코 다시 나온 적이 없다. 지옥 같은 밤의 악순환에 포로로 붙들려버렸다.

절대로 풀려날 수 없는 포로.

나는 심한 마약중독자다. 마약과 번쩍거리는 싸구려 장식에 취해 산다.

나는 미치광이들의 사교 집단에 속해 있고, 절망적이고 퇴폐적이고, 알코올중독자이고 마약중독자다.

매일 밤 나는 방탕한 생활로 끌려간다. 술병에 끌려가는 술주정뱅이처럼, 노름판에 끌려가는 도박꾼처럼.

나는 샴페인 속에 내 환상들을 빠뜨렸고 코카인 가루 속에 그것들을 묻어버렸다. 이 품에서 저 품으로, 이 침대에서 저 침대로 옮겨 다니는 동안 정조 관념 따윈 사라져버렸다……

동전의 이면 같은 꿈…… 축제 무대 뒤편…… 나는 이 세계의 얼굴에 침을 뱉는다. 나는 이 세계에 완전히 포함되어 있기 때문에 그것 외에는 할 수 있는 게 없다……

나는 앞으로도 계속 밤에 외출할 것이다. 그러지 않는다면 내 구찌 원피스는 어쩌란 말인가?

스무 켤레의 프라다 구두는, 또 스무 켤레의 세르지오 로시 부츠는? 내 빌어먹을 원피스들은? 그것들을 자선 파티에 내놓을 거라고는 기대하지 마라. 내겐 엘턴 존 같은 면이 없다. 나는 내 양심을 속일 필요가 없다. 양심이 없으니까.

나는 우리 집에서 잘 지낸다. 하루 종일 목욕 가운 하나만 걸친 채 끊임없이 줄담배를 피워대고 담배 연기로 오염된 실내를 서성인다. 나는 결코 창문을 열지 않는다. 얼어 죽는 것보다는 질식해 죽는 편이 낫다. 나는 아무것도 먹지 않는다. 배가 고프지 않다. 그저 버티기 위해 진통제를 먹을 뿐이다. 더이상 입안이 마르거나 꺼끌꺼끌한 느낌도 없고, 피로하지도 않고 두통도 없다. 그리고 정신을 차리기 위해 코카인을 복용한다. 그러면 피곤하지도 않고 우울하지도 않다. 삼 개월 전부터 이런 식으로 살았다. 나는 요즘 내 얼굴이 맘에 든다. 볼은 움푹 파이고 눈은 더 이상 반짝거리지 않고 다크서클로 초췌하다. 입술은 빛깔 없이 칙칙하고 이제 웃을 줄도 모른다. 오직 반짝거리는 긴 갈색 머리카락만이 예전 그대로다. 마치 머리카락이 내 안에 있는 생기란 생기는 다 빨아먹고 자란 것 같다. 나는 비쩍 말랐고 햇빛 아래에서 보면 아주 파리하다…… 하지만 유령 같은 이 모습이 좋다. 나는 우울증의 알레고리이자 절망과 체념의 화신이다.

내가 사랑했던 남자는 세 달 전에 죽었다.

전에는 그럭저럭 삶을 사랑했다. 그와 삶을 공유하고 있었으니까.

전에는, 내가 아는 모든 것을 알면서도 삶을 사랑했다. 광활한 공허 한가운데 미소 짓는 그가 있었으니까.

이제 나는 한 망령을, 하나의 추억을 애지중지 보듬고 산다. 아직도 매일, 매시간, 매분 그를 생각한다. 참으로 터무니없는 순정이다. 아무리 살아도, 이걸 사는 거라 할 수 있다면, 외출을 하고 섹스를 해도 소용이 없다. 나는 늘 그를 생각한다.

나는 사람들을 관찰한다. 존재하지 않는 목표를 향해 걸어가는 그들의 발걸음을 관찰한다…… 내 안 깊은 곳에는 그가 있고 그는 날 떠날 줄 모른다.

나는 누구보다도 그를 잘 알았다. 우리는 같은 정신세계를 공유했다. 평범함과 진부함을 경멸했고, 돈의 노예였다. 이것이 우리를 병들게 했다. 우리는 왜 존재하는지 알지 못했다.

이제 그가 없는 지금, 나는 내가 왜 존재했는지 안다.

나는 그를 위해 존재했다.

나는 힘이 없다. 천천히 죽어가는 것 같다. 추억으로 가득 찬 정신만이 아직도 생생하다. 나는 빌어먹을 이 현재에 만족하기보다는 행복했던 과거를 되씹는 게 더 좋다.

네 얼굴도, 네 목소리도 결코 잊지 않을 거야.

나는 지금 고통 속에 얼어붙어 있어.

바보 멍청이, 속도를 좀 줄이고 달리지.

나는 욕실로 가서 생기 있게 보이기 위해 화장을 한다. 기계적인 손놀림으로 겔랑 파우더를 두드리고 샤넬 마스카라를 속눈썹에 바르며 나갈 준비를 한다. 오늘 저녁 나는 외출할 거다. 어제처럼 그리고 내일처럼. 나이트클럽 카바레, 퀸, 벵에 가서 신경쇠약자들을 만난다. 내 친구들은 거기에만 있다. 타락한 자들끼리는 서로 잘 이해한다.

옷을 골라 입는다. 오트쿠튀르의 검은색 가죽 옷으로. 백은 엄마한테서 뺏어온 크리스티앙 디오르이다. 창녀 같은 꼴불견이 맘에 든다. 상중의 창녀. 내 차림새는 천박함과 돈 냄새를 풍긴다. 나는 내가 싫다. 현관 입구에 있는 커다란 거울 앞에 잠시 멈춰 서서 내 모습을 비춰본다. 세 달 전의 내가 다시 보였다. 그에게 모든 걸 고백하러 가던 날도 이 거울 앞에 서서 가슴에 희망을 품고 물어보았다. 오늘 밤 나는 그의 맘에 들까. 오늘 밤, 한 번 더 그의 품에 안길 수 있을까. 하지만 그날 밤, 나는 결국 그의 품에 안기지 못했고, 그는 그날 밤, 밤의 끝도 보지 못한 채 떠나버렸다.

택시가 아래서 기다리고 있었다. G7 택시회사는 내가 요구한 대로 대형 메르세데스를 보냈다. 나는 택시의 가죽 좌석에 앉아 권태에 빠져들었다. 택시는 파리를 가로질러 달렸다. 트로카데로 앞 신호등에서 빨간불에 걸렸다. 사람들이 누추한 벤치에 앉아 야간 버스를 기다리고 있다. 이 가난한 사람들은 수 킬로미터 떨어진 곳에서 달려와 고급스런 거리를 걸어다니며, 부잣집에 숨어 사는 쥐들처럼 여기저기서 우리의 사치스런 이미지들을 주워 담아간다. 그들은 우리의 개성 없는 작은 길과 아름다운 대로를 걷는다. 하지만 우리의 공간, 우리의 아파트, 우리의 레스토랑, 우리의 나이트클럽에는 들어오지 않는다. 너무 늦게 돌아오지 마, 감기 걸리면 안 되니까…… 그들은 성냥팔이 소녀 같다……

신호등이 파란불로 바뀌고 택시가 다시 출발했다. 쿠션을 댄 나의 독방, 택시는 요동 하나 없이 부드럽게 달려 어김없이 날 향락의 삶 한가운데로 데려다주었다. 나이트클럽 카바레에 도착했다. 모두가 있다. 언제나처럼. 언제나 모두가 있다. 나는 내 안의 자동 조종 장치를 작동시켜 모두에게 인사하러 갔다. 내 주특기인 늘 태평스레 사람들에게 둘러싸여 있는 계집애 행세를 하면서. 나는 눈을 감고 춤을 추었다. 음악과 알코올에 몸을 맡겼다. 내가 앉은 테이블에서는 내 술잔이 빌 때마다 서로 먼저 따라주려 다툼이 일었다. 보드카. 보드카. 보드카. 나는 구멍 뚫린 술통처럼 들이부었다. 이 년 전부터 매일 밤. 그래서 쉰 살 먹은 늙은 술주정뱅이처럼 주량이 엄청나다. 그들은 나에게 술을 권한다. 왜냐구? 나와 섹스하고 싶으니까. 하지만 나는 늘 내가 뭘 하고 있는지 안다. 네 발로 기어가 토할 때조차 모든 걸 의식하고 있다. 그들은 나에게 코카인을 주려 하지만, 언제나 내 것이 그들 것보다 더 낫다.

새벽 세시, 나이트클럽 퀸으로 갈 시간이다. 나는 퀸을 좋아한다. 우리는 홀 중앙 테이블을 독차지했다. 사십 명쯤 되는 애들이 의자 위로 올라가 중앙 테이블 주변에 쳐놓은 보호망에 다닥다닥 매달렸다. 우리 중에 누군가 한 명이 떨어지기라도 하면 모두 같이 밑으로 떨어질 수밖에 없다. 알코올이 넘쳐흐른다. 술잔과 술병이 엎질러지고, 마약에 취해 서로 끌어안고, 춤을 추고, 환하게 미소 지으며 입맞춤을 한다. 서로 사랑하니까. 하지만 음악 소리가 조금만 줄어들어도 우리는 서로 할 말이 없다.

나는 곤드레만드레 취해 의자 위에 올라가 춤을 췄다. 음흉한 두 손이 다리를 타고 거슬러 올라와 끈 없는 브래지어 속으로 슬그머니 들어온다. 맨살이 드러나지만 나는 더이상 거리낄 게 없다.

나의 즐거움은 창녀들을 못살게 구는 것이다. 나는 그녀들한테 일부러 샴페인을 엎지르고, 물건들을 짓밟고, 담뱃불로 그녀들의 옷에 구멍을 낸다. 또 그녀들을 떠밀고 부딪치며 욕을 한다. 그녀들은 내가 미워 죽겠지만 맞서 싸우진 못한다.

그녀들의 원성이 들리면 나는 아무것도 모르는 척 눈을 크게 뜨고 오히려 화를 내며 항의한다. 나이트클럽에서 쫓겨나는 쪽은 내가 아니라 그녀들이다. 약자의 승리는 없다…… 갑자기 내 안에서 불안감이 느껴진다. 알 수 없는 위기가 임박한 느낌이다…… 넌 네 인생을 자꾸 시련의 연속으로 만드는구나…… 나는 문득 클럽 홀 입구에 시선을 고정하고 그가 오기를 기다리는 자신을 발견한다. 그런 자신이 비참하게 느껴졌다. 그가 올 수 없다는 것을 알면서도 그를 기다리는 내 마음을 막을 수가 없다.

그래서 이 빌어먹을 나이트클럽에 오는, 그가 아닌 모든 이를 증오한다. 자리에서 일어나 담배에 불을 붙였다. 손에 이미 담배를 들고 있다는 것을 잊은 채. 댄스플로어로 내려간 나는 남자를 찾았다. 누구라도 상관없었다. 낯선 남자든, 외국인이든. 클럽 안은 사람들로 가득한데 나는 세상에 혼자 있는 것 같다. 외롭게. 퀸의 무대 한가운데에 있는 저 남자. 나쁘지 않다. 나는 그가 동성애자가 아니기만을 바란다. 빈손으로 돌아가고 싶자 않으니까. 스키니 청바지에 웃통을 벗은 모습이 바보 같다. 나는 그의 신발은 감히 쳐다볼 생각조차 하지 않는다. 아무래도 상관없다. 나는 그의 앞으로 걸어가 그를 막아섰다. 그의 친구들이 킬킬대며 웃었다. 나는 그들이 뒤에서 수군대는 말을 깡그리 무시했다. 홀에서조차 눈에 띄지 않는 별 볼 일 없는 동성애자들 같으니라고. 나는 그를 올려다보며…… 샴페인 잔을 내밀었다. 그는 아무 말 없이 잔을 입으로 가져갔다…… 푸른 불빛이 한꺼번에 내게로 집중되었다. 내 입술에 악마 같은 미소가 떠올랐다.

하지만 내 눈은 웃지 않았다. 나는 발돋움으로 키를 높였고 그는 몸을 낮췄다.

빈 유리잔이 바닥으로 떨어졌다. 나는 구두 굽으로 그것을 박살냈다. 그의 낯선 얼굴에 키스를 퍼부으며 유리잔을 계속 부쉈다. 그가 내 이름을 묻고는 자기 이름을 말해주었다. 하지만 나는 듣지 않았다. 그냥 그의 손을 잡아끌었다. 그는 무슨 일인지 알려 하지도 않고 내가 끄는 대로 따라왔다.

홀에는 이제 사람이 거의 없었다. 그 많던 사람이 어느새 다 떠나고, 절망의 몸부림과도 같았던 대향연 끝에 몇몇 허접스러운 이들만 남았다. 상상의 파트너라도 마주한 양 혼자서 괴상하게 몸을 흐느적대는 그들의 멍하니 벌어진 동공에는 허무가 어려 있었다. 나는 소파 위에 팽개쳐두었던 디오르 백을 찾아 들고 그 낯선 남자를 데리고 밖으로 나갔다. 주정뱅이를 내쫓는 일을 하는 나이트클럽 사내들이 나에게 윙크를 했다. 내가 그런 바보 같은 녀석과 함께 나가는 게 재밌는 모양이었다. 택시 안은 찌는 듯했고 분위기는 끔찍했다. 나는 그의 성기를 만지기 시작했다. 내겐 오로지 한 가지 욕구밖에 없었다. 그가 택시 가죽 시트 위에 사정하는 것. 하지만 그는 그보다 더한 걸 원하는 듯하다. 내가 그렇게 형편없는 상대를 찾은 건 아닌 모양이다.

택시비는 내가 냈다. 난 이런 데서 퇴폐적인 즐거움을 느낀다. 엘리베이터에 타자마자 그의 옷을 벗기기 시작했다. 그의 셔츠를 찢으며 그가 이런 걸 좋아하길 바란다. 그는 자신의 행운에 놀라 차마 어떤 거부의 몸짓도 하지 못하는 것 같다. 그의 손가락이 고통스러운 내 몸속으로 갑자기 들어왔다. 나는 치마 속에 아무것도 입지 않았다. 자물쇠 구멍에 열쇠를 집어넣어 열고 그를 서재로 이끌었다. 내가 가장 좋아하는 장소다. 나는 그를 가죽 안락의자 쪽으로 밀어붙이고 브래지어를 벗어던졌다. 이제 완전히 발가벗었다. 그리고 그의 청바지를 벗겨 벽난로 쪽으로 던져버렸다. 그는 발기된 상태였다. 바보 같은 녀석! 나는 단번에 그의 몸 위에 걸터앉아 안락의자 팔걸이에 두 다리를 걸치고 섹스를 주도하기 시작했다. 바닥에 떨어진 그의 셔츠를 주워들고 장난하는 척하다가 그의 얼굴에 씌웠다. 쾌락으로 경련하는 불쌍한 그의 입술과 튀어나온 눈, 헤벌어진 입 등 세상의 종말을 맞이한 듯한 그의 표정을 더이상 보고 싶지 않았다. 나는 왔다 갔다 왕복운동을 하기 시작했다. 이 행위에서 모든 노고를 떠맡은 건 나다. 나는 내 몸을 더듬으려는 그의 손을 떼어냈다. 그러자 이번에는 내 머리를 쓰다듬었다. 나는 그의 손을 안락의자 등받이 뒤로 돌려 붙들었다. 나에게 필요한 건 그의 성기뿐이었으니까. 나는 그에게 더 확실하게 상처를 주기 위해 낮은 탁자 위에 놓인 리모컨을 집어들었다. 오디오에는 〈라 트라비아타〉가 걸려 있었다. 나는 볼륨을 있는 대로 크게 올렸다. 그가 내는 쾌락의 신음 소리를 듣고 싶지 않았다. 하지만 이것으로는 충분하지 않았다. 나는 나를 더 더럽히고 더 아프게 하고 싶었다. 회복할 수 없을 정도로 심하게 상처받고 싶었다. 더이상 거울을 들여다볼 수 없을 정도로 타락하고 싶었다. 그래서 그에게 퀸의 동성애 친구들과 하는 짓을 나에게도 하라고 청했다. 그는 순순히 내 말에 따랐다. 아마도 나를 두려워하는 듯했다. 나는 뒤로 돌아 엎드려 누웠다. 그때까지 더럽혀지지 않고 처녀지로 남아 있던 곳으로 그가 거침없이 밀고 들어왔고, 내 머리카락은 풀어져 땀에 젖은 허리로 흘러내렸다. 나는 이제 완전히 타락했다. 연이어 밀려오는 파도처럼 오르가슴이 찾아왔다. 내 존재 전체가 이 고통스러운 쾌락에 젖어들었다. 일종의 우울한 오르가슴이었다. 얼굴 위로 고통의 마스크가 영원히 얼어붙는다.

나는 그를 밀쳐냈다. 그는 쾌락으로 헐떡이며 소파 위로 쓰러지더니 정액을 사방에 뿌려댔다. 양탄자 위, 탁자 위, 그리고 자신의 몸에까지. 정액으로 지저분해진 그의 보잘것없는 나체를 보자 울부짖고 싶을 정도로 역겨웠다. 나는 담배를 하나 물고 금도금 뒤퐁 라이터로 불을 붙였다. 라이터 소리에 그가 눈을 번쩍 떴다. 그리고 주변을 둘러보았다. 드높은 천장, 샹들리에, 예술품, 그림, 고급스럽게 장정한 책이 빽빽이 꽂혀 있는 서재. 그가 날 보지 않고 벽이나 보고 있으면 좋으련만! 그의 시선이 이곳의 여주인인 나에게로 향했다. 나는 소파에 너부러져 담배를 한 모금 빨아들인 뒤 연기를 내뱉었다. 수치스런 행위 후에 피우는 담배의 회색빛 연기는 방금 전 잃어버린 순수에 대한 회한을 허공으로 흩날렸다. 나는 그의 존재를 무시했다. 하지만 그는 이런 태도를 모욕으로 느끼지 않는 것 같았다. 아무래도 상관없었다. 내가 창밖의 어둠을 뚫어져라 보고 있을 때 그가 대화를 시도했다.

"여기 네 부모님 집이니?"

"응."

"어디 있어, 부모님은?"

"노르망디. 제발 부탁인데, 나한테 질문 좀 하지 말아줄래? 너랑 대화를 나누기 위해 있는 게 아니거든."

"그럼, 잘까?"

맙소사, 이 촌뜨기는 내 깨끗한 이불 속으로 들어가 내 베개를 베고 잠잘 생각을 하고 있었나보다.

"택시 불러줄게, 어디 살아?"

그는 기가 막혔는지 가만 있는다. 나는 그의 황당한 표정을 재밌어하며 더 과장해서 말했다.

"사는 곳이 멀어도 걱정할 필요 없어. 돈은 우리 아버지 회사에서 지불하는 거니까."

그는 모욕을 참고 견딘다. 심성이 착한 애인 것 같다. 그의 표정은 화가 났다기보다 걱정하는 쪽이다.

"그런데 왜 날 여기로 데려왔어?"

나는 담배에 불을 붙였다. 그리고 한마디 대꾸도 없이 어디선가 코카인 봉지를 꺼냈다. 나는 손바닥에 한 줄을 만들어 빨대 없이 직접 콧구멍을 들이댔다. 파손을 메꾸기 위해서는 최상의 컨디션을 유지할 필요가 있다.

"있잖아, 너한테 인생을 설명하지는 않겠어. 몇 살이야? 스물, 아니면 스물다섯? 그래서 놀랐어? 밤에 나이트클럽 다닌 지 적어도 몇 년은 된 것 같은데. 그리고 거기서는 일이 어떻게 돌아가는지도 알 거고. 난 새벽 여섯시에 널 나이트클럽에서 주웠어. 설마 너를 우리 부모님한테 인사시키고 내 애들을 만들어달라고 하려고 데려왔을 거라곤 생각하지 않겠지? 있잖아, 우린 같은 세계에 살고 있지 않아. 오늘 밤에 난 아무나 날 올라타게 하고 싶었어, 창녀처럼. 너는 네 임무를 다한 것뿐이야. 섹스를 했다고 친구가 되는 건 아니야. 나는 네 이름도 몰라. 사실 알고 싶지도 않아. 그러니까 이제 옷이랑 네 물건을 챙겨서 꺼져버려. 넌 섹스로 쾌락을 얻었고 집까지 데려다줄 택시도 있어. 뭘 더 원해? 담배? 코카인? 돈? 네가 원하는 걸 갖고 가버려. 난 혼자 있고 싶거든? 알겠니? 혼자 있고 싶다고!"

그가 날 뚫어져라 쳐다본다. 믿을 수 없다는 표정이다.

나는 전화기를 들었다. 아버지는 G7 택시회사와 거래하고 있다. 그가 원한다면 에손*까지 갈 수도 있다. 어디로든 꺼져주기를. 나는 택시를 불렀다.

"칠 분 줄게. 그런 표정 짓지 마. 네가 지금 듣는 음악은 세상에서 가장 아름다운 오페라야. 〈라 트라비아타〉 알아? 베르디? 그래도 몰라? 『춘희』에서 영감을 얻은 거야. 무슨 내용인지 얘기해줄까? 이 이야기를 들으면 뭔가 알게 될 거야. 그리고 집으로 돌아가 잠들 때쯤, 적어도 너 자신이 조금은 똑똑해졌다고 느낄 테지."

그는 대답이 없다.

"이야기는 아주 단순해. 알프레도는 비올레타를 사랑했어. 비올레타도 알프레도를 사랑했고. 사랑, 열정, 참 무서운 말들이지. 그런데 비올레타는 화류계 여자였어. 고급 창녀라는 뜻이야. 비올레타는 알프레도가 자신과의 관계를 유지할 수단이 없다는 것을 확실히 알고 있었어. 그래서 그를 파산시키고 싶지 않아 그와 헤어지려고 했어. 당연히 둘 사이에 큰 싸움이 일었고, 결국엔 눈물 속에 서로 화해하고 다시는 헤어지지 않기로 했지. 그런데 알프레도의 아버지가 나타나 둘 사이를 방해하기 시작한 거야. 그는 비올레타에게 자기 아들을 놔주라고 요구했어. 그들의 관계가 가문의 명예에 먹칠을 한다고. 그래서 비올레타는 어떤 희생을 치르고서라도 자신의 소심한 애인을 떼어내기로 결심하

---

* 파리 남쪽의 외곽 지역.

고 그것을 실행했어. 결국 그를 떼어내는 데 성공했지. 그렇게 되자 그는 그녀에게 아주 못되게 굴었고, 끝내 그녀는 죽고 말아. 그한테 시달리다가 결핵에 걸려서. 그녀는 결핵 때문에 죽었어. 소설 속 여주인공이 대부분 그런 것처럼. 자, 아름다운 사랑 이야기지? 죽음으로 끝났지만. 슬픈 이야기야, 그렇지?"

"응, 슬픈 이야기네."

"그다음 이야기는 몰라. 이후 알프레도가 어떻게 되었는지, 비올레타를 잊었는지 어쨌는지는 아무도 몰라. 자신이 사랑한 여자가 죽은 뒤, 그는 어떻게 삶을 지탱했을까? 어쩌면 이십 년이 지난 뒤, 노안이 오고 머리숱이 적어질 무렵 알프레도는 이미 결혼해서 소박한 가장이 되어 있을지도 모르지. 그리고 비올레타라는 이름이 얽히고설킨 희미한 기억의 더미 위로 떠오를 때면 그 이름을 틀림없이 젊은 시절, 자신의 무분별했던 과거와 연결 지을 거야. 하지만 옛 애인이 죽은 것인지, 또는 단순히 자신을 떠났던 것인지는 기억조차 못할지도 모르지. 그렇지 않았다면 알프레도는 미쳤을지도 몰라. 아니면 슬픔을 이기지 못해 죽어버렸을지도……

아니, 그렇지 않아. 나는 다음 이야기를 알고 있어. 알프레도는 매일 밤 나이트클럽 퀸에 가. 그곳에서 자신의 고통을 보드카로 달래. 그는 구멍 뚫린 술통처럼 마셔대고 매일 밤 여자들과 섹스를 해. 그러면서 자신이 잃어버린 여자를 생각하지.

알프레도는 코카인을 배우고 하루 이십사 시간 그 마약 가루를 흡입해. 그러면서 자신이 잃은 여자를 생각하지. 그는 이제 더이상 울 수도 없어. 울면 마음이 진정되는데, 진정되고 싶지 않거든. 비올레타는 영원히 사라졌고 알프레도는 다른 싸구려 창녀들, 사랑했던 여자의 죽음에 조금도 관심 없는 멍청한 여자들한테 분풀이를 해. 그녀들과 섹스하고 그녀들을 타락시키고 고통스럽게 하는 거야. 그는 정말 그녀들을 죽이고 싶지만 그럴 용기가 없어. 무엇보다도 더이상 살 이유가 없기 때문에 자살하거나 아무도 모르게 사라져버렸으면 좋겠어. 하지만 그럴 용기도 없어. 그는 비겁해. 참 형편없이 비겁하지. 그는 이 가증스런 삶을 떠날 수 없어. 그러기보다는 차라리 가장 나쁜 방식으로 살아가는 쪽을 택하지. 알프레도는 알코올중독자에다 마약중독자, 한마디로 삶을 포기한 인간이야. 오, 그렇다고 그를 너무 걱정할 필요는 없어. 그 역시도 머지않아 죽게 될 거야. 마약 과다복용이나 교통사고, 또는 골목길에서 강도의 습격을 받아 칼에 찔리거나 불치병 같은 것에 걸려서…… 마지막 인사를 하기 전에 한번쯤은 미소를 짓겠지. 자, 이제 사라져줘. 택시가 밑에서 기다리고 있을 거야."

나는 그를 문까지 배웅했다. 그가 더듬거리며 두세 마디 했지만, 나는 그의 동정이 끔찍하게 느껴졌다. 그래서 그가 보는 앞에서 문을 쾅 닫아버렸다.

마침내 고요, 고독. 나는 가운을 걸치고 다시 서재로 돌아와 신성함을 잃은 소파에 주저앉았다. 그리고 장식 벽난로를 마주하고 꼼짝도 않은 채 줄담배를 피웠다. 멍하니 허공을 바라보던 나는 시선을 안으로 돌렸다. 꺼진 불꽃 같은 지나간 과거를 향해, 그 의미가 달라져버린 행복했던 순간들을 향해.

이 이야기의 끝을 기대하지 마라. 그런 건 없다. 그는 죽었고 그 어떤 것도 더이상 의미가 없다. 미래는 영원히 고통스럽고 권태로울 것이다. 비겁한 나는 내 인생을 끝장내지 못한다. 나는 계속해서 밤마다 나이트클럽을 돌며 술을 마시고, 마약을 하고, 사람들을 괴롭힐 것이다.

죽을 때까지.

인류는 고통스럽다. 그리고 나도 인류와 더불어 고통스럽다.

지은이 **롤리타 필**
1982년 파리 서부 교외의 세브르에서 태어났다. 일곱 살 때 처음 시를 쓰며 문학에 눈뜬 그녀는 열일곱 살에 프랑수아즈 사강의 『슬픔이여 안녕』과 프레데리크 베그베데의 『9,990원』을 읽고 영감을 받아 육 개월 만에 첫 소설 『헬』을 완성했다. 『헬』은 발표되자마자 프랑스 사회에 큰 반향을 일으키며 베스트셀러에 올랐고, 2006년 브뤼노 시슈 감독에 의해 동명의 영화로 제작되었다. 롤리타 필은 2006년 영화 〈UV〉의 시나리오를 공동으로 각색하는 등, 현재 다양한 영역을 넘나들며 활동 중이다. 주요 작품으로 『버블껌』『석양의 도시』가 있다.

옮긴이 **유정애**
덕성여대 불어불문학과와 동대학원을 졸업했다. 파리 8대학 여성연구과 박사과정을 수료하고 현재 파리 3대학 프랑스 비교문학 박사논문과정에 있다. 옮긴 책으로 『보들레르, 여자 그리고 신』『나의 아버지의 총』『개미-말의 가치를 일깨우는 철학 동화』『성의 정치』『제3의 여성』『열두 살 소령』『소울 아프리카』 등이 있다.

문학동네 세계문학
헬

초판 인쇄 2010년 3월 12일 | 초판 발행 2010년 3월 29일

지은이 롤리타 필 | 옮긴이 유정애 | 펴낸이 강병선
책임편집 허주미 오영나 류현영 | 독자 모니터 이명선 | 디자인 이경란 이원경
저작권 김미정 한문숙 | 마케팅 정민호 이지현 김도윤 | 온라인 마케팅 이상혁 한민아
제작 안정숙 서동관 김애진 | 제작처 한영문화사(인쇄) 우진제책(제본)

펴낸곳 (주)문학동네
출판등록 1993년 10월 22일 제406-2003-000045호
주소 413-756 경기도 파주시 교하읍 문발리 파주출판도시 513-8
전자우편 editor@munhak.com | 대표전화 031) 955-8888 | 팩스 031) 955-8855
문의전화 031) 955-3576(마케팅) 031) 955-2657(편집)
문학동네카페 http://cafe.naver.com/mhdn

ISBN 978-89-546-0979-1 03860

www.munhak.com